GOBLIN SLAYER!

He does not let † anyone roll the dice

LIGHT † NOVEL

©Noboru Kannatuki

»Willkommen im Tempel des Rechts.«

Die vom erhabenen Gott geliebte Erzbischöfin:
Die Jungfrau des Schwertes. Vor zehn Jahren hat sie
den wiederauferstandenen Dämonenfürsten besiegt
und ist eine Abenteurerin vom Gold-Rang.

»Ich bin gekommen, um Goblins zu vertreiben.«

»Wie? Äh, ich, ähm … Hast du alles gesehen?«

INHALT

Goblin ✟ Slayer

Kapitel ❶	Der Alltag der Abenteurer	015
Zwischenkapitel	Vom aufregenden Treiben der Götter	059
Kapitel ❷	Goblins töten in der Stadt des Wassers	061
Zwischenkapitel	Die beiden zu jener Zeit	080
Kapitel ❸	Zufallsbegegnung	082
Zwischenkapitel	Von einem jungen König	107
Kapitel ❹	Von Abenteurer zu Abenteurer	109
Kapitel ❺	Auf dem Weg zum Tod	121
Kapitel ❻	Verirrt	159
Kapitel ❼	Geflüster, Gebete und Arien	168
Zwischenkapitel	Wenn ein Abenteurer sich bei einem anderen einmischt	177
Kapitel ❽	Ein Lesezeichen setzen	179
Zwischenkapitel	Vom Besiegen einer bösen Sekte	197
Kapitel ❾	Ein Monster, dessen Namen man nicht nennen darf	199
Kapitel ❿	Magische Fallen der Ruinenstadt	218
Kapitel ⓫	Hin und zurück	235

© Noboru Kannatuki

GOBLIN SLAYER!

He does not let † anyone roll the dice

LIGHT NOVEL

Story:
Kumo Kagyu

Artwork:
Noboru Kannatuki

©Noboru Kannatuki

GOBLIN SLAYER!

He does not let anyone roll the dice

Edelsteine und Metall sind vor dem Schmieden einfach nur Gestein. Zwerge bewerten Dinge nicht nach ihrem Aussehen.

Zwergen-Schamane

Ein Zwerg, der begabt in den Künsten der Magie ist und Goblin Slayer auf seinen Abenteuern begleitet.

Ein Drache läuft niemals davon.

Echsenmensch-Mönch

Ein Echsenmensch-Mönch, der Goblin Slayer auf seinen Abenteuern begleitet und einen furchterregenden Drachen als seinen Vorfahren verehrt.

**Beschützen, Heilen und Retten
– die drei Lehren der Erdmutter**

Priesterin

Sie ist ein herzensguter Mensch und begleitet Goblin Slayer auf seinen Abenteuern. Der raubeinige Abenteurer sorgt jedoch immer wieder dafür, dass sie sich in brenzligen Situationen wiederfindet.

Ich bin dieser Goblin.

Goblin Slayer

Ein eigentümlicher Abenteurer, der vor allem im westlichen Grenzland aktiv ist. Allein mit der Jagd auf Goblins erreichte er den Silber-Rang – den dritthöchsten aller Abenteurer-Ränge – und ist dafür weit über das Grenzland hinaus bekannt.

GOBLIN SLAYER!

✝

Charakter-profile

Wie kann man nur ohne Stift und Papier auf ein Abenteuer gehen?

Gildenangestellte

Sie arbeitet für die Gilde und ist Goblin Slayer sehr dankbar dafür, dass er sich der sonst unbeliebten Goblin-Aufträge annimmt.

Für sie waren immer das Wetter, das Vieh, die hergestellten Lebensmittel und natürlich er immer sehr wichtig.

Kuhhirtin

Sie ist Goblin Slayers Kindheitsfreundin und arbeitet auf dem Bauernhof, den auch Goblin Slayer sein Zuhause nennt.

**Die Unwissenden sind gesegnet, schließlich ist Lernen das allergrößte Glück.
– Sprichwort der Elfen**

Hochelfen-Bogenschützin

Eine junge Elfe, die Goblin Slayer auf seinen Abenteuern begleitet. Sie ist eine begabte Waldläuferin und Bogenschützin.

Ewig soll ihr Name erklingen. Die Jungfrau des Schwertes – geliebt vom erhabenen Gott. Eine der sechs Goldenen und eine Heilige. Die Waage der Gerechtigkeit und ein mächtiges Schwert in den Händen. Von allen sprechenden Völkern geliebt, wirkt sie mit ihren Gebeten göttliche Wunder. Mit den anderen sechs Goldenen kämpfend, stürzte sie den Dämonenfürsten. Nach dieser Aufgabe wurde sie die Beschützerin des Rechts. Ewig soll ihr Name erklingen. Die Jungfrau des Schwertes – geliebt vom erhabenen Gott ...

Kapitel 1

Der Alltag der Abenteurer

»Wenn es dir nicht gefällt, kannst du auch gehen.«

Eine Stimme hallte durch den Wald, der selbst zur Mittagszeit etwas düster war. Bäume, Moss und Ranken überwucherten die verfallenen Gebäude aus weißem Stein und zeugten davon, dass die Pflanzenwelt mittlerweile die Überreste dieser alten Stadt beherrschte. Dem Zahn der Zeit konnte niemand standhalten, noch nicht einmal die langlebigen Elfen. Diese Ruinen waren der bittere Beweis dafür: Einst prachtvolle Bildhauereien waren aufgebrochen, große Risse liefen durch die Bodenplatten und statt der Bewohner lebte hier nur noch Wildwuchs.

Eine fünfköpfige Gruppe von Abenteurern war dabei, diese ehemals prächtige Stadt zu erkunden. Der gerade erklungene Ausruf kam von einer jungen Frau in Jagdkleidung. Ihre langen Ohren und der große Bogen in ihrer Hand deuteten darauf hin, dass sie eine Hochelfen-Bogenschützin war. Sie sagte in schnippischem Ton: »Wenn du eigentlich gar nicht hier sein willst, bringt mir das auch nichts!«

»Was?«, antwortete ihr eine komplett emotionslose Stimme. Sie kam von einem Menschenkrieger mit verschmutztem Eisenhelm und Lederrüstung. An der Hüfte trug er ein mittellanges Schwert, um den Arm hatte er sich einen kleinen Rundschild gebunden und am Gürtel hing eine Tasche. Selbst Anfänger besaßen meist bessere Ausrüstung als er. Seine Bewegungen und seine Haltung zeugten jedoch von Selbstvertrauen, weshalb er bei den meisten Wesen, denen er begegnete, einen gemischten Eindruck hinterließ.

»Ich rede natürlich von diesem Abenteuer«, antwortete die Elfe, ohne sich zu dem Krieger umzudrehen. Viele Elfen bekamen die Talente, mit denen sie fähige Waldläufer werden konnten, in die Wiege gelegt, was dazu führte, dass sie neben den Rhea die besten Späher waren. Aus diesem Grund hatte die Elfe die Vorhut der Gruppe übernommen.

»Es geht doch nicht darum, dass es mir nicht gefällt.« Die Ohren der Elfe stellten sich freudig auf … und sanken sofort wieder nach unten. »Es war schließlich abgemacht, dass ich euch begleite.«

Ein weiteres Mitglied der Gruppe seufzte. Es war ein junges Menschenmädchen, das einen Stab fest in den Händen hielt und ein Kettenhemd unter der Kleidung trug. Es handelte sich um eine Priesterin. Sie zeigte mit einem Finger auf den Krieger und begann mit ihm zu schimpfen: »Mann, so geht das doch nicht. Deine Einstellung ist nicht in Ordnung.«

»Ach so«, erwiderte dieser und schwieg. Nach einer Weile schaute er die Hochelfe an und fragte: »Wirklich?«

»Was fragst du jetzt mich?« Die Elfe blies schmollend die Wangen auf. Er hatte ihr zum Austausch für ihre Hilfe bei der Verteidigung des Bauernhofs versprochen, sie auf ein Abenteuer zu begleiten, und sie hatte sich sehr darauf gefreut.

»Unmöglich, das führt doch zu nichts.« Ein dicklicher Zwerg kommentierte grinsend das Geschehen und fuhr sich durch den dichten Bart. Seine fernöstliche Kleidung war ein Hinweis darauf, dass es sich bei ihm um einen Zwergen-Schamanen handelte. Von der Körpergröße her war er zwar kleiner als die Priesterin, aber sein großer runder Bauch ließ ihn wie ein Fels wirken. Und auch wenn die meisten Magiewirker eher körperlich schwach waren, war er als Zwerg von Natur aus sehr kräftig. Sein größtes Problem waren die kurzen Beine, die es ihm immer wieder erschwerten, steile Pfade zu erklimmen und Hindernisse zu überwinden. »Er ist schließlich Bartschneider. Es ist ja nicht so, als wäre er erst seit Kurzem ein komischer Kauz.«

»Ja. Er ist nun mal Orcbolg«, stimmte die Elfe ihm seufzend zu. »Wer hätte gedacht, dass ich mal mit einem Zwerg die Meinung teile.«

»Den letzten Satz hättest du dir sparen können«, schnaufte der Zwerg beleidigt. »Wenn du mit deinem Gemecker nicht aufhörst, wirst du nie einen Mann finden. Du bist zweitausend Jahre alt und immer noch allein.«

»Ts …« Die Ohren der Elfe zitterten. »Ich brauch keinen. Außerdem bin ich noch jung.«

»Stimmt«, erwiderte der Zwerg und grinste selbstzufrieden. »Du hast ja schließlich auch noch die Brust eines Kindes.«

»Halt den Rand, du fettes Fass!« Mit wütendem Blick starrte die Elfe den Zwerg an. Sie hatte die Arme vor der Brust verschränkt und öffnete den Mund, um dem Schamanen eine weitere Beleidigung an den Kopf zu werfen, doch sie wurde von einer fauchenden Stimme unterbrochen.

»Die Bewohner dieser Stadt mögen längst fort sein, aber dennoch sollten wir uns ein wenig anständiger verhalten.« Es war ein Echsenmensch, der eine Vielzahl an Glücksbringern um den Hals trug. Er bildete die Nachhut der Gruppe und trug die traditionelle Kleidung seines Stammes. Er war ein Mönch und verehrte einen furchteinflößenden Drachen als seinen Vorfahren. »Vor allem müssen wir achtsam bleiben, damit wir keine schlafenden Hunde wecken.«

»Hmpf ... Sag das ihr, sie hält doch nicht den Rand.«

»Pfft. Von wegen. Du Zwerg musst doch immer mit dem ...«

»Bitte, werte Waldläuferin. Konzentrier dich lieber auf den Weg vor uns.«

»Ja ...« Der Echsenmensch war zwar nicht der Anführer der Gruppe, aber die Elfe entschied sich dafür, seiner Bitte nachzukommen.

»Und du, werter Schamane, bitte lenk sie nicht zu sehr vom Spähen ab.«

»Ich weiß. Ich weiß.«

Während die Elfe schmollend die Ohren hängen ließ, schien den Zwerg die Schelte nicht sonderlich gestört zu haben. Verzweifelt rollte der Echsenmensch mit den großen Augen, worauf die Priesterin leise kichern musste. Immer wenn die Elfe und der Zwerg sich in die Haare kriegten, wurde es lebhaft. Sie mochte das. *Wenn sie sich nicht gut verstehen würden, würden sie auch nicht streiten, oder?*

»Und hepp.« Die Elfe erklomm mit ein, zwei, drei Sätzen eine Baumwurzel, die weit größer war als sie selbst.

»Nicht schlecht«, sagte der Krieger, der sie dabei beobachtet hatte.

»Ja, oder?«, antwortete die Elfe selbstbewusst und schmiss der Gruppe ein Kletterseil herunter. Der Krieger zog zwei-, dreimal daran, bevor er mit dessen Hilfe die Baumwurzel erklomm.

Es war kaum zu glauben, dass er eine Rüstung mit einem schweren Eisenhelm trug, denn er stand in kürzester Zeit neben der Elfe. Er musste an das Leben im Freien gewöhnt sein.

»Der Nächste«, sagte er und schaute auf den Rest der Gruppe hinunter.

»Äh, ja!«, erwiderte die Priesterin und hing sich ihren Stab über die Schulter. Unerfahren griff sie nach dem Seil und begann vorsichtig ihren Aufstieg. »Aber … Hngh. Dass so eine große Stadt jetzt eine Ruine ist … Ah!«

»Pass auf!« Als die Priesterin mit den Füßen am nassen Moos abrutschte, schnappte der Krieger nach ihrem Handgelenk und zog sie daran grob nach oben.

»E… Es tut mir leid …«, entschuldigte sich die Priesterin und rieb sich das schmerzende Handgelenk.

»Wenn du nicht verletzt bist, klettern wir jetzt gleich auf der anderen Seite wieder runter.«

»Ja …« Mithilfe des Kriegers gelang der Priesterin auch der Abstieg.

»Alles in Ordnung?«, erkundigte sich die Elfe.

»Ja … Ich muss meinen Körper wohl ein bisschen mehr trainieren …«

»Das mag sein. Aber übertreib es nicht, ja?« Die Elfe wackelte mit den Ohren und kniff die Augen leicht zusammen. »Es wäre schrecklich, wenn du am Ende so dick und rund wärst wie der Zwerg.«

»Halt die Klappe, Langohr. Für einen Zwerg habe ich ein vollkommen durchschnittliches Gewicht.« Von der anderen Seite des Baums schallten die wütenden Worte des Zwergs herüber.

»Der Zahn der Zeit macht wirklich vor nichts Halt. Weder vor den Behausungen der Elfen, noch vor den Höhlen meiner Art. Einfach vor nichts …«

Dem Zwerg war es nur mithilfe des Echsenmenschen gelungen, die Wurzel zu erklimmen, aber schon im nächsten Moment sprang er entschlossen auf der anderen Seite hinunter. Mit einem dumpfen Rumms landete der Zwerg auf seinem Gesäß. Bei dem Anblick konnte sich die Elfe natürlich einen Kommentar nicht verkneifen: »Geht das nicht auch etwas eleganter?«

»Meine Beine sind eben nicht so lang. Scher dich um deinen eigenen Kram.«

»Setz doch zumindest ›Sturzkontrolle‹ ein.«

»Pah! Wieso sollte ich für so etwas einen Zauber verwenden? Ihr Elfen seid wirklich verschwenderisch!«

»Beruhigt euch doch bitte.« Die Priesterin ging zwischen die beiden, aber konnte sich dabei ein Lächeln nicht verkneifen. »Wenn ihr zu laut seid, kriegt ihr gleich wieder Ärger.«

»Also wirklich. Als würde ich mir von so einem schuppigen Kind etw…«

»Selbst Elfen sind nicht ewig. Ewig ist einzig die ›Ewigkeit‹, oder?«, wurden sie von einer tiefen Stimme unterbrochen. Der Echsenmensch hatte mithilfe seiner Krallen die Baumwurzel erklommen und sprang jetzt geschickt auf der anderen Seite herunter. Es war zwar etwas laut, aber wirklich beeindruckend. »Wollen wir es an dir ausprobieren, werte Hochelfe?«

»Ich verzichte …« Schmollend runzelte die Elfe die Stirn und schüttelte den Kopf.

»Und?«, fragte der Krieger. »Wo sind die Goblins?«

»Schon wieder …« Die Elfe zuckte langsam mit den Schultern und seufzte. »Ich habe extra für dich Ruinen ausgesucht, in denen es vielleicht Goblins geben könnte. Zeig doch bitte erst einmal etwas Dankbarkeit.«

»Hmpf … Dann hast du also Rücksicht auf mich genommen?«

»Ja, so könnte man das nennen.«

Der Krieger schritt mit einem Nicken voran. Aufgeregt huschte die Elfe an ihm vorbei und übernahm wieder die Vorhut.

»Wieso die Eile, werter Goblintöter?« Der Echsenmensch breitete beim Gehen eine Schriftrolle aus. Es war eine alte Karte dieser Stadt. Bedacht darauf, sie nicht zu beschädigen, führte er vorsichtig seine Krallen darüber.

»Im Inneren gibt es einen Tempel. Wollen wir uns dorthin bewegen?«

»Ja.« Der Krieger blieb stehen und deutete auf leicht verstreute Pflastersteine, die einst Teil eines Weges gewesen sein mussten. Nüchtern ergänzte er: »Vielleicht sind dort Goblins.«

»Hast du nichts anderes im Kopf?«, maulte die Elfe genervt.

»Was denn?«

»Die Mysterien! Die Geheimnisse! Die Rätsel! Die Legenden!«

»Dafür hab ich keine Zeit.«

»Du bist echt unglaublich.«

»Ist das so?«

»Hey, hey, Langohr! Wenn du es beim Schleifen eines Steins übereilst, bricht er!« Der Zwerg redete mit der Elfe wie mit einem Kind. »Für eine Elfe hast du echt keine Geduld.«

»Wenn ich den ganzen Tag rumsitzen und nur fressen und saufen würde, wäre ich bald so fett wie du, Zwerg.«

»Halt die Klappe. Alkohol ist eine Ausnahme. Aber ein wenig zunehmen könntest du wirklich.« Anstatt sich zu ärgern, schnappte er sich den Trinkbeutel von seinem Gürtel und nahm einen Schluck Branntwein. »Dennoch muss ich zugeben, dass du ein wenig recht hast, Langohr.«

Nach einem herzhaften Rülpser fuhr er fort: »Bartschneider, glaubst du nicht, dass vieles einfacher für dich wäre, wenn du deinen Horizont erweitern würdest?«

»Ich habe darüber nachgedacht.« Während der Krieger leise antwortete, lugte er vorsichtig um eine Ecke. »Ich habe mich verdient gemacht und den Silber-Rang erreicht. Als Abenteurer mit größerem Einsatzspielraum hätte ich auch mehr Möglichkeiten.«

»Und warum machst du es dann nicht?«, fragte der Zwerg.

»Weil Goblins währenddessen weitere Dörfer angreifen würden.«

Die Elfe schüttelte den Kopf. »Ich hab gehört, dass Menschen oft nur ans Jetzt denken, aber sind sie alle so eingleisig wie er?«

»Ich glaube, dass er ein besonderer Fall ist«, antwortete die Priesterin mit einem verlegenen Lächeln. Sie war erst ein paar Monate mit dem Krieger unterwegs, hatte sich jedoch schon viele Male über ihn gewundert. »Aber er ist jetzt schon viel gesprächiger. Außerdem kann man ihn ziemlich leicht verstehen.«

»Ja, da hast du recht.« Die Elfe kicherte und auch der Zwerg und der Echsenmensch stimmten mit ein.

Ein wenig später überquerte die Gruppe einen Weg, der einst eine große Straße gewesen sein musste. Damit waren sie am Ziel angelangt: Zwischen einigen Bäumen war bereits ein Eingang zu erkennen.

»Es scheint keine Wachen zu geben«, sagte der Krieger, nachdem er das Gebüsch und den Boden genau untersucht hatte.

»Vielleicht gibt es hier überhaupt keine Goblins!«, rief die Priesterin sichtlich erleichtert.

»Nein. Ich glaube nicht, dass sie so ein Nest übersehen würden.«

»Aber es wäre doch schön, wenn es hier keine Goblins gäbe.«

Der Krieger ignorierte die Bemerkung der Elfe und murmelte: »Vielleicht haben sie auch nur einen Tunnel von ihrem Nest hierher gegraben.«

»Sagt mal … Stinkt hier nicht irgendwas?« Die Elfe verzog leicht das Gesicht.

Der Echsenmensch schüttelte langsam den Kopf und antwortete: »Meine Nase funktioniert in Wäldern wie diesen nicht besonders gut. Was riechst du?«

»Es riecht nach faulen Eiern …«

»Also sind doch welche hier …«

Die Abenteurer zogen ihre Waffen.

Die Elfe hielt einen Langbogen in der Hand, der aus einem natürlich gewachsenen Ast angefertigt worden war. Seine Sehne bestand aus Spinnenfäden und die Pfeile hatten Knospen statt Eisenspitzen.

Der Echsenmensch betete zu seinen Vorfahren und beschwor aus einem Reißzahn eine Klinge.

Der Zwerg griff in seine Taschen, die mit Katalysatoren gefüllt waren, und die Priesterin hielt sich mit beiden Händen an ihrem Priesterstab fest.

Die Gruppe platzierte sich in einem Halbkreis um den Eingang.

»Was machen wir? Dringen wir ein? Dann sollte ich ein schützendes Wunder …«, sagte die Priesterin, doch der Krieger unterbrach sie.

»Nein. Diese Ruine … Dieser Schrein hat vielleicht einen Hintereingang. Was sagt die Karte?«

»Darauf war nichts verzeichnet«, antwortete der Echsenmensch. »Da es sich um eine alte Ruine handelt, können wir davon ausgehen, dass große Teile bereits eingestürzt sind.«

»Dann werden wir sie ausräuchern.« Der Krieger griff in seine Tasche und zog einen faustgroßen Klumpen heraus. Es war ein kleines Bündel Anmachholz, in dem etwas steckte.

Der verkrampfte Gesichtsausdruck der Priesterin zeigte, dass sie bereits wusste, was es war. »Das ist Kiefernharz und Schwefel …«

»Der Rauch ist schwer und sinkt nach unten.« Der Krieger schlug mit einer Hand gegen den Klumpen und entzündete so die Rauchbombe. Er warf sie geschickt in den Eingang.

»Auch wenn der Rauch giftig ist, wird er sie nicht töten«, sagte er und zog sein Schwert aus der Scheide. »Jetzt heißt es warten.«

»Deine Methoden sind echt grausam«, meinte der Zwerg seufzend.

»Sind sie das?«

»Weißt du das etwa nicht?«

Grausam hin oder her, seine Methode waren wirksam. Mit schrillen Schreien sprangen kleine Gestalten aus dem verrauchten Eingang hervor. Es waren Goblins.

Als der Krieger sah, dass die Goblins lederne Brustpanzer trugen, holte er mit seinem Schwert von oben aus. Ein Schlag. Ein Schrei. Eine Blutfontäne. Er trat gegen den Goblin, in dessen Kopf er die Klinge vergraben hatte, und schnappte sich dessen Waffe. Der Krieger nickte zufrieden: Es war ein kleiner Krummsäbel.

»Sie sind gut ausgerüstet. Seid vorsichtig.«

»Das ist für mich kein Abenteuer.«

»Etwa nicht?«

»Natürlich nicht.« Mit grimmigem Gesicht spannte die Elfe einen Pfeil auf ihren Bogen und schoss ihn ab. Er verschwand im Dunkel des Eingangs, und direkt darauf ertönten drei Schreie.

»Wenn wir schon gegen Goblins kämpfen, dann doch bitte zumindest *in* einer Ruine!«

»Es ist wie immer.« Der Echsenmensch sprang heran und versetzte einigen Goblins, die sich am Boden krümmten, den Todesstoß. »Du hast Goblintöter eingeladen, was hast du also anderes erwartet?«

Der Krieger bohrte in diesem Moment den aufgehobenen Krummsäbel tief in die Kehle eines Goblins, zog ihn wieder heraus und warf ihn dann in Richtung des Eingangs. Sofort ertönte ein quietschender Schrei. Seine Handgriffe wirkten geradezu maschinell.

»Für die paar brauchen wir noch nicht einmal Zauber.« Der Zwerg legte einen Stein in seine Schleuder und zertrümmerte mit dem Geschoss den Kopf eines Goblins.

Der Krieger hob einen Dolch auf, der einem der getöteten Goblins gehörte und sah eine unbekannte schwarze Flüssigkeit auf der Schneide. Den erschreckten Blick der Priesterin ignorierend, wischte er sie an der Kleidung des Leichnams ab. »Spart euch die Zauber auf, bis wir reingehen.«

Dann richtete er seinen Blick auf den Eingang. Während sich dort bereits ein Stapel von Goblin-Leichen angesammelt hatte, kamen keine neuen Gegner mehr heraus. Hatten die Abenteurer bereits alle erwischt, oder waren einige von ihnen irgendwie entkommen?

»Goblins sind hartnäckig.« Er zog sein eigenes Schwert aus dem Kopf des ersten Goblins und überprüfte die Klinge. »Sobald sich der Rauch gelegt hat, gehen wir rein.«

»Ich sag es noch mal, aber das ist für mich kein Abenteuer«, protestiere die Elfe.

»Ach, ja?«, entgegnete der Krieger emotionslos.

»Das zählt nicht!«

»Alles klar«

Der Krieger ging in Richtung des Eingangs, und der Rest der Gruppe folgte ihm. Seit sie sich zusammengeschlossen hatten, waren die Sterne bereits die Hälfte ihres sich stetig wiederholenden Weges am Horizont gewandert.

Durch die ewigen Kämpfe zwischen Chaos und Ordnung waren zahlreiche vergessene Festungen, Tempel, Ruinen und Höhlen über die ganze Welt verstreut. Häufig dienten sie als Verstecke für Diener des Chaos, die nur darauf warteten, dass ihre Zeit kommen würde. Doch anstatt sich um diese schlummernden Gefahren zu kümmern, betrachteten die Könige der verschiedenen Länder sich argwöhnisch und überließen die Aufgabe der

Erkundung solch verlorener Objekte den Abenteurern. In Hoffnung auf Ruhm, Schätze und Reichtum nahmen die meisten Abenteurer die Aufträge an, doch für einen Krieger spielten all diese Dinge keine Rolle.

Orcbolg, Bartschneider, Goblintöter. Er trug mehrere Spitznamen.

»Lasst uns Goblins töten.«

Er war Goblin Slayer.

*

Es war am frühen Abend, und die Sonne versank bereits am Horizont. Der Hofbesitzer hatte gerade seine Arbeiten an dem Zaun beendet, der zur Abwehr von wilden Tieren diente, und richtete sich auf, als er die stapfenden Schritte hinter sich hörte.

»Da bist du ja wieder«, murmelte er.

»Ja. Ich habe meinen Auftrag erledigt«, antwortete Goblin Slayer, der direkt hinter ihm stand.

»Ach so …« Der Hofbesitzer wusste nicht, was er darauf erwidern sollte. Da man aufgrund des Helms sowieso nicht erkennen konnte, was Goblin Slayer gerade dachte, schaute der Hofbesitzer ihn gar nicht erst an. Er kannte ihn schon seit dessen Kindheit, aber wusste nicht, wie er mit ihm umgehen sollte. Auch wenn er ihn nicht rausschmeißen konnte, wollte er ihn nicht unbedingt um sich haben.

Es waren bereits einige Jahre vergangen, seitdem die Goblins die Heimat von seiner Nichte und Goblin Slayer zerstört hatten.

Es war ein Unglück, eine regelrechte Katastrophe gewesen, aber Goblin Slayer hatte sie überlebt. Er hatte sie überlebt und sich nicht davon brechen lassen. Das war doch eine gute Sache.

»Ja«, sagte Goblin Slayer, als wüsste er, worüber der Hofbesitzer gerade nachdachte.

»Übertreib es nicht immer ... Denk auch an das arme Mädchen ...«

»Ich werde mich bessern ...«

Es ist wirklich nicht einfach mit ihm. Der Hofbesitzer wunderte sich, warum er auf jemanden, den eigentlich nichts störte, immer solche Rücksicht nahm. Als hätte er erneut seine Gedanken gelesen, sagte Goblin Slayer: »Tut mir leid, aber ich müsste den Schuppen benutzen.«

»Du brauchst ihn doch immer, wenn du zurückkommst. Du musst das nicht extra anmelden«, entgegnete der Hofbesitzer mürrisch.

Ohne ein weiteres Wort zu verlieren, verschwand Goblin Slayer hinter dem Kuhstall. Dort ging er an einem Heuhaufen vorbei zu einem alten Schuppen, der schon lange nicht mehr im besten Zustand war.

Goblin Slayer hatte mit Mühe und Not die Löcher in den Wänden und im Dach gestopft, und auch wenn er mit seinen Arbeiten nicht angeben konnte, taten sie ihren Zweck. Er hatte sie still und heimlich erledigt, damit die Kuhhirtin nichts davon mitbekam, denn eigentlich hatte sie den Schuppen reparieren wollen. Da aber Goblin Slayer die Person war, die ihn nutzte, war es für ihn selbstverständlich, dass er ihn auch reparierte.

»Ah!« Als Goblin Slayer eine Hand auf die Tür des Schuppens legte, hörte er einen kindlichen Zuruf. Er drehte sich um und sah, wie die Kuhhirtin auf ihn zugerannt kam. »Willkommen zurück! Du könntest doch wenigstens Bescheid geben, wenn du wieder da bist!«

»Ich wollte dich nicht stören.«

»Du störst doch nicht.«

»Ist das so?«

Die Kuhhirtin blies vor Wut die Backen auf und richtete einen Zeigefinger auf Goblin Slayer. »Wenn du das verstanden hast, dann melde dich gefälligst zurück!«

Nach einem kurzen Augenblick antwortete er leise: »Ich bin zurück ...«

»Willkommen zurück.« Die Kuhhirtin lächele strahlend.

»Das hast du eben schon gesagt«, erwiderte Goblin Slayer schroff, öffnete die quietschende Tür und betrat den Schuppen. Die Kuhhirtin folgte ihm hinein, ohne auch nur eine Sekunde zu zögern.

»Was ist mit deiner Arbeit?«, wunderte sich Goblin Slayer.

»Sagen wir mal ... Ich mache gerade eine Pause ...«

»Ist das so?«

»Ja.«

Ohne dem Ganzen weitere Beachtung zu schenken, warf er seine Tasche auf den Boden und entzündete eine kleine Lampe mit seinem Feuerstein. Der Schuppen war gefüllt mit mysteriösen Gegenständen. Es waren Heilmittel, besondere Waffen, Bücher mit unlesbaren Schriftzeichen, Tierköpfe und auch andere Dinge, die die Kuhhirtin nie zuvor gesehen hatte. Wahrscheinlich gab es selbst unter den Abenteurern viele, die sich nicht vorstellen konnten, wofür Goblin Slayer die Objekte wohl einsetzen würde.

»Das ist gefährlich.«

»Äh, ja.«

Nachdem er der neugierigen Kuhhirtin eine Warnung zugeworfen hatte, setzte er sich auf den Boden. Er nahm sein Schwert vom Gürtel und warf es in eine Ecke. Dann zog er sich die Rüstung aus und begann daran zu arbeiten.

Die Kuhhirtin beugte sich leicht über seine Schulter und fragte ihn: »Was machst du da?«

»Ich bessere eine Beule im Helm aus und wechsle die Scharniere der Rüstung. Ich flicke das Kettenhemd, schärfe das Schwert und poliere den Rand des Schildes.«

»Den Rest verstehe ich, aber warum musst du den Rand des Schildes polieren?«

»In den richtigen Momenten kann das nützlich sein.«

»Hm …«

Er arbeitete sehr gründlich. Er schwang den Hammer, nahm einen Beschlag ab und wechselte ihn aus. Dann griff er zu einer gebogenen Nadel, um das Kettenhemd zu flicken. Zuletzt nahm er einen Polierstein und polierte den Rand des Schildes.

Wenn Goblin Slayers Waffen kaputtgingen, konnte er sich neue von den erlegten Goblins besorgen, aber bei Rüstungsgegenständen war es anders. Die Biester trugen nur selten Rüstung und selbst wenn, hatte er im Feld nicht die Zeit dazu, sie ihnen auszuziehen und sich selbst wieder anzuziehen. Sowieso konnte ein falscher Treffer bei einer ungepflegten oder kaputten Rüstung schnell tödlich enden, was die Arbeit gerade umso wichtiger machte.

»Ist das spannend?«, fragte Goblin Slayer die Kuhhirtin, die ihm immer noch aufmerksam bei der Arbeit zuschaute.

Sie musste kurz kichern, bevor sie ihm antwortete: »Irgendwie schon. Ich interessiere mich dafür, was du so machst. Und, wie ist das Abenteuer gelaufen?«

Sie lehnte sich an Goblin Slayers Rücken, und ihre Augen glitzerten, während sie gespannt auf seine Antwort wartete. Diese fiel wie so häufig sehr kurz aus: »Da waren Goblins.«

»Ach ja?«

»Ja, sehr viele.«

Die Kuhhirtin musterte ihn ganz genau und …

»Hey!«

Goblin Slayer spürte, wie sich ihre Arme von hinten um ihn schlossen, und kurz darauf wuschelte sie ihm durch die Haare. Zum ersten Mal, seitdem sie den Schuppen betreten hatten, hörte er auf, sich auf die Arbeit zu konzentrieren, und wandte sich der Kuhhirtin zu.

»Was ist?«

»Nichts. Das war bestimmt anstrengend.«

»Pass auf.«

»Keine Angst. Ist schon gut.«

»Nein, ist es nicht.«

»Ist sonst noch irgendwas Spannendes passiert? An was für einem Ort wart ihr?«

Er schwieg, lehnte den fertig polierten Schild an die Wand und lies den Blick über ein Regal schweifen. Er griff nach mehreren Fläschchen, einem Paar Lederhandschuhe und einem Mörser.

Nachdem er sich die Handschuhe angezogen hatte, öffnete er eins der Fläschchen und schüttete ein paar seltsame Würmer in die Schale des Mörsers. Die Kuhhirtin hinter ihm gab ein angewidertes Geräusch von sich.

»Nicht anfassen. Die sind giftig«, warnte Goblin Slayer sie.

»Ich fass die schon nicht an.«

»Wir waren bei einigen Ruinen im Wald.«

»Und ihr wart dort, um Goblins zu töten?«

»Nein.« Er schüttelte den Kopf. »Ich wurde von den anderen eingeladen.«

Während die Kuhhirtin sichtlich überrascht war, kippte Goblin Slayer den Inhalt der restlichen Fläschchen in die Schale. Danach zerstieß er alles und mischte es.

»Es soll früher eine Stadt gewesen sein.«

»Erinnerst du dich an ihren Namen?«

»Nein, der war mir egal.«

»Nun ja … Hier im Grenzgebiet gibt es viele davon.«

Nachdem alles gut durchmischt war, griff er erneut ins Regal und holte eine intakte Eierschale hervor. Er entfernte ihre Spitze und füllte den Inhalt des Mörsers vorsichtig hinein.

Ohne den Blick von seiner Arbeit abzuwenden, sagte Goblin Slayer: »Eine große …«

»Ja?«, unterbrach ihn die Kuhhirtin aufgeregt.

»Dort war eine große Baumwurzel.«

»Groß? Wie groß denn?«

»Sie war größer als du. Es war gar nicht so einfach, sie zu überwinden.«

»Das war bestimmt toll!«

Die Antwort der Kuhhirtin klang wie die eines begeisterten Kindes. Sie hatte noch nie solche Dinge gesehen, und es war für sie äußerst aufregend, Goblin Slayers Geschichten zu lauschen. Allerdings wurde sie bisweilen auch ein wenig traurig, dass er so viel welterfahrener war als sie.

Nachdem das Ei gefüllt war, wickelte er es in Ölpapier und murmelte: »Es war komisch. Die Goblins dort waren zu gut ausgerüstet.«

»Hm?« Die Kuhhirtin legte nachdenklich einen Finger aufs Kinn. »Vielleicht sind sie vor der Schlacht letztens geflohen.«

»Aber warum haben sie keine Wachen aufgestellt?«

»Wenn du das nicht weißt, weiß ich es erst recht nicht.«

Sie hob die Arme in die Luft und ließ sich nach hinten fallen.

»Du machst dich dreckig«, ermahnte Goblin Slayer sie.

»Ist mir egal. Sag mal, kannst du morgen freimachen?«

»Nein.« Er steckte das fertige Ei in seine Tasche und schüttelte den Kopf. »Die Gildenangestellte will etwas von mir.«

»Ach so … Schade.«

»Ja. Es geht wahrscheinlich wieder um Goblins.«

*

»Nein, es geht nicht um Goblins. Äh … Deswegen müssen Sie doch nicht gleich gehen!«

Obwohl Goblin Slayer schon die Klinke des Besprechungszimmers in der Hand hatte, drehte er sich noch einmal um. Der Raum war mit prachtvollen Möbeln ausgestattet, und die Wände schmückten alte Waffen, Köpfe von Monstern sowie viele weitere Trophäen.

»Aber es geht doch nicht um Goblins, oder?«

»Ähm. Nun ja … Das stimmt zwar …« Die Gildenangestellte saß auf einer Bank und schaute ihn an, als würde sie gleich in Tränen ausbrechen. »Aber ohne Sie geht es nicht, Goblin Slayer.«

Nachdem er für einen Moment geschwiegen hatte, seufzte er leise. Er drehte sich um, ging auf die der Gildenangestellten gegenüberliegende Bank zu und setzte sich.

»Dann bringen wir es hinter uns«, sagte Goblin Slayer mürrisch.

»J… Ja!« Plötzlich stand der Gildenangestellten die Freude ins Gesicht geschrieben. Sie breitete ihre Unterlagen auf dem Tisch zwischen ihnen aus. Es handelte sich um die Lebensläufe mehrerer Abenteurer. Deren Namen, Volkszugehörigkeit, Geschlecht, Fähigkeiten und bisher erfüllte Aufträge waren darauf notiert. »Goblin Slayer, ich möchte Sie bitten, als ranghoher Abenteurer einem Rangaufstiegsinterview beizuwohnen.«

»Ich soll einem Rangaufstiegsinterview beiwohnen?«

Innerhalb der Gilde konnten Abenteurer zehn verschiedene Ränge einnehmen. Die Verteilung von Rängen geschah anhand der bisherigen Belohnungen, der Beiträge zur Gesellschaft und dem Charakter der Abenteurer. Die Kombination aller drei Kriterien war auch als Erfahrungspunkte bekannt. Wer genügend Erfahrungspunkte gesammelt hatte, der durfte einen Rangaufstieg beantragen. Um den wahren Charakter eines Abenteurers zu bewerten, wurden dann Rangaufstiegsinterviews durchgeführt, denen hin und wieder ranghohe Abenteurer als Zeugen beiwohnten.

Diese Interviews sollten verhindern, dass Abenteurer hohe Ränge nur aufgrund ihrer Stärke erreichten, und machten es für Neuanfänger so gut wie unmöglich, in kürzester Zeit den Silber- oder Gold-Rang zu erreichen. Erfolgreiche Abenteurer zeichneten sich in den Augen der Gilde also nicht nur durch Stärke, sondern auch durch vertrauenswürdiges und zuverlässiges Verhalten aus.

»Aber bin ich dafür überhaupt der Richtige?«, fragte Goblin Slayer verwundert.

»Was reden Sie denn da? Sie tragen doch den Silber-Rang.«

»Das hat die Vereinigung entschieden.«

»Das zeigt, wie dankbar Ihnen alle sind«, erwiderte die Gildenangestellte ein wenig stolz.

Nachdem er eine Weile schweigend an die Decke gestarrt hatte, betrachtete Goblin Slayer die Unterlagen und sagte: »Wer soll denn bewertet werden?«

»Vielen Dank! Es geht um die Mitglieder einer Gruppe, die von Stahl auf Saphir aufsteigen möchten. Sie wollen also von Rang acht auf Rang sieben aufsteigen.«

*

»Di… Diesmal. Diesmal schaffen … schaffen wir es und steigen auf … Auf jeden Fall!«

Die Gruppe von Abenteurern wartete auf dem Gang vor dem Besprechungszimmer darauf, dass sie einzeln aufgerufen wurden.

Einer von ihnen rezitierte murmelnd ein Gebet. Er trug die Kleidung eines Mönches, hielt einen langen Stab in den Händen und besaß trotz seines fortgeschrittenen Alters einen sehr durchtrainierten Körper. Er musste ein Kampfmönch sein. Allerdings zeugten die vereinzelten Haarstoppel, die aus seinem sonst kahlen Kopf hervorschauten, davon, dass er sich in letzter Zeit ein wenig gehen gelassen hatte.

»Halt die Klappe, alter Mann! Mönch hin oder her. Deine Gebete bringen uns nur Pech«, fauchte ein weiteres Mitglied der Gruppe. Es war ein junger Mann, der seinem Äußeren zufolge ein Krieger – genauer gesagt ein Axtkämpfer – sein musste. Er war fürchterlich aufgeregt und stand keine Sekunde lang still. Seine Ausrüstung war nicht verrostet, aber alt und nicht von allzu hoher Qualität. »Außerdem hättest du dir für heute mal ordentlich den Schädel rasieren können.«

»Er hat eine Familie zu ernähren, natürlich will er da beten«, antwortete die Hexe der Gruppe auf das Gemecker des Axtkämpfers. Ihre Ohren, die leicht unter der Kapuze der zerrissenen Robe hervorschauten, verrieten, dass sie eine Halbelfe war. Ihr Zauberbuch, das sie in den Händen hielt, war eine alte handgeschriebene Ausgabe, die kurz davorstand auseinanderzufallen. »Außerdem werden die Haare heute nicht entscheidend für unser Interview sein.«

»Ach, kommt. Beruhigt euch. Wir haben nichts davon, wenn wir uns jetzt streiten«, fügte ein kleiner junger Mann hinzu, der nur halb so groß wie die restlichen Gruppenmitglieder war. Er trug eine makellose Lederrüstung, an der Hüfte einen Dolch und an den Füßen nagelneue Lederschuhe. Er war ein Späher vom Volk der Rhea.

»Das mag sein, aber Saphir-Ränge kriegen bessere Aufträge und Belohnungen als Stahl-Ränge«, erwiderte der Axtkämpfer. »Wir müssen unsere Schulden so langsam zurückzahlen, und das hier könnte uns das ermöglichen. Wie sollen wir da ruhig bleiben?«

»Ich sehe das ähnlich. Wenn wir den Aufstieg schaffen, können wir uns endlich vom Ratten jagen in der Kanalisation verabschieden. Außerdem sind Zauberbücher teuer. Wenn Gebete uns helfen, mach ich mit«, stimmte die Hexe dem Axtkämpfer zu. Während sie den Späher mit bohrendem Blick anstarrte, fügte sie hinzu: »Tu nicht so, als ginge dich das nichts an.«

Dieser kratzte sich am Kopf und sagte: »Nein, ha ha ha … Aber ein höherer Rang bedeutet auch gefährlichere Aufträge … Davor hab ich ein wenig Angst … Schulden habe ich auch keine …«

»Weichei.«

»Feigling.«

Auf die Beschimpfungen des Axtkämpfers und der Hexe hin zuckte der Späher nur mit den Schultern.

»Gut. Der Nächste bitte«, rief die Gildenangestellte aus dem Besprechungszimmer.

»Oh, ich bin dran.«

Mit einem leichten Wippen im Schritt bewegte sich der Späher in Richtung Tür. Bevor er den Besprechungsraum betrat, sagte der Kampfmönch noch mit bettelnder Stimme: »Bitte reiß dich am Riemen!«

»Ja, ich weiß. Nerv nicht«, antwortete der Rhea genervt und klatschte die Tür hinter sich zu.

»Ah!« Als er sah, welche drei Personen in dem Raum auf ihn warteten, gab der Späher einen kleinen Ausruf des Erstaunens von sich.

Zuerst einmal befand sich dort die Gildenangestellte mit dem gleichgültigen Gesichtsausdruck. Zu gern würde er ihr mal den Hintern versohlen und sie so dazu kriegen, mal ein wenig Emotion zu zeigen.

Neben ihr saß eine weitere Frau, die in der Uniform der Gilde gekleidet war. Der Späher war sich nicht sicher, ob er sie bereits irgendwo gesehen hatte.

Person Nummer drei war ein ranghoher Abenteurer und der Grund, warum er den erstaunten Laut von sich gegeben hatte. Er trug einen billigen Eisenhelm und eine verdreckte Lederrüstung: Auch ohne Schwert und Schild war dem Späher klar, um wen es sich dabei handelte.

»Go... Goblin Slayer.«

»Stimmt was nicht?«

»Nei... Nein ...«

Der Späher verachtete Goblin Slayer nicht. Der Silber-Rang Abenteurer hatte es schließlich mit einfachen Aufträgen geschafft, Rang und Ruhm zu erwerben. Da er selbst fürchterliche Angst vor dem Tod hatte, schien ihm der Weg, den Goblin Slayer eingeschlagen hatte, ein äußerst kluger zu sein. Einzig der Helm, der Goblin Slayer vollkommen emotionslos erscheinen ließ, schreckte den Rhea ein wenig ab. Als der Späher gegenüber von dem Silber-Rang-Abenteurer Platz nahm, merkte er, wie dieser ihn von oben bis unten musterte.

Er lachte verlegen und sagte: »Äh… Ähm, kommen wir zur Sache. Es geht um einen Rangaufstieg. Am liebsten würde ich gleich Saphir und Smaragd überspringen und zu Rubin … nein, gleich zu Bronze aufsteigen!«

»Nein, ein Schritt nach dem anderen«, erwiderte die Gildenangestellte, während sie die vor ihr liegenden Unterlagen durchblätterte. »Ihre Rüstung und Stiefel sind neu, oder? Das stach mir gleich ins Auge.«

»Ach? Sieht man das?« Der Rhea-Späher grinste schelmisch und legte die kleinen Füße auf den Tisch. »Das sind feine Treter. Ich hab sie mir in matt gekauft. Toll, oder?«

»Sie nehmen als Gruppe Aufträge an und erhalten eine Belohnung. Wieso sind Sie dann viel besser gekleidet als Ihre Kameraden?«, fragte die Gildenangestellte sehr sachlich und ruhig. »Ist das nicht seltsam? Liegt das vielleicht an einem Berechnungsfehler?«

Obwohl es offensichtlich war, dass der Späher bereits verkrampfte, fuhr die Gildenangestellte fort: »Es ist auch auffällig, dass Sie das einzige Mitglied der Gruppe sind, dessen Auftragsberichte immer etwas vage sind.«

»Ähm … Also …« Aufgeregt nahm der Späher die Füße vom Tisch und ließ seinen Blick durch den Raum gleiten. Es wirkte, als würde er einen Fluchtweg suchen. »M… Meine Familie hat mir ein wenig Geld geschickt …«

»Er lügt«, sagte die dem Späher unbekannte Gildenangestellte mit lauter, klarer Stimme. Um ihren Hals hing eine Kette mit einem Symbol, das wie die Kombination eines Schwertes und einer Waage aussah. »Ich schwöre im Namen des erhabenen Gottes, dass seine Worte gelogen sind.«

Das Wunder »Lügen erkennen«?! Sie ist eine Inspektorin! Dem Rhea wurde plötzlich klar, warum er sie noch nie gesehen hatte. Sie war nicht nur eine gewöhnlich Gildenangestellte, sondern auch eine Dienerin des erhabenen Gottes – eine Inspektorin. *Wie kann das sein? Stand ich etwa bereits unter Beobachtung? Aber wieso?*

Die dem Rhea bereits bekannte Gildenangestellte kommentierte das Geschehen mit einem leichten Lächeln auf den Lippen: »Wir wissen alles. Sie scheinen nach dem Erkunden einiger Ruinen Ihre Ausrüstung erneuert zu haben. Wahrscheinlich haben Sie zu Ihren Kameraden gesagt, dass sie die Gegend auskundschaften, und haben dann allein eine Schatzkiste geöffnet. Den Inhalt haben Sie dann geheim gehalten und verkauft.«

»Hngh …« Sie hatte voll ins Schwarze getroffen.

Bei der Erkundung von Ruinen waren Fallen meist eine tödlichere Gefahr als Monster, weshalb die Kameraden des Rheas auch nichts Besonderes vermutet hatten, als er ihnen in seiner Rolle als Späher angeboten hatte, vorauszugehen und sich umzuschauen. Er hatte vorsichtig die Ruine betreten, mehrere Ecken kontrolliert und dann eine Schatzkiste gefunden. Sie war von keiner Falle geschützt und einfach zu knacken gewesen, weshalb er in kürzester Zeit einige Dutzend Goldstücke in der Tasche hatte. Da leere Schatzkisten keine Seltenheit waren, entschloss er sich einfach dazu, alles für sich zu behalten.

»Hä hä hä …« Der Späher setzte den Blick eines gescholtenen Kinds auf. »Es ist so über mich gekommen … Es tut mir leid.«

»Wie ärgerlich«, antwortete die Gildenangestellte und schüttelte den Kopf. »Wegen Personen wie Ihnen werden Späher und Rhea immer misstrauisch behandelt. Nun ja, da es Ihr erstes Vergehen ist, werden Sie nur auf Porzellan herabgestuft und erhalten ein Abenteuerverbot in dieser Stadt.«

»Mo… Moment mal! Das ist doch übertrieben!« Unbewusst war der Späher aufgesprungen und hatte seine Stimme erhoben. »Nur weil ich eine Schatzkiste unterschlagen habe?!«

»Was?!«, antwortete die Gildenangestellte mit eisernem Blick. »Nur? Sind Sie schwer von Begriff? Vertrauen kann man mit Geld nicht zurückgewinnen.«

Wer das Vertrauen anderer hinterging, besaß nicht das Recht, sich als Abenteurer zu bezeichnen. Natürlich war man vielen Gefahren ausgesetzt. Natürlich besaßen viele Abenteurer eine zwielichtige Vergangenheit. Und natürlich benahm sich der ein oder andere Abenteurer daneben. Aber Gefährten zu hintergehen konnte nicht geduldet werden.

Abenteurer ähnelten Söldnern, doch die Gilde garantierte deren Vertrauenswürdigkeit. Wenn die Gilde Verhaltensweisen wie die des Rheas tolerierte, würde damit das gesamte System unterwandert. Weil es sein erstes Vergehen war, hatte sie ein

Auge zugedrückt und dem Späher die Möglichkeit eingeräumt, woanders noch einmal neu anzufangen. Verstand er das nicht?

»Wir können auch bekannt geben, dass Sie aufgrund eines Verbrechens herabgestuft wurden. Dann können Sie gern hierbleiben.«

Der Späher wusste nicht, was er sagen sollte. Verzweifelt dachte er darüber nach, wie er sich aus dieser Situation herausreden konnte: *Das machen doch alle ... Nein, das kann ich nicht sagen! Vielleicht, dass jemand mich gezwungen hat?!*

»Es bringt nichts, sich jetzt Ausreden auszudenken«, sagte die Inspektorin in hartem Ton.

Jetzt wissend, dass sie seine Lügen durchschauen würde, blieb dem Späher nur noch ein Ausweg. Er wandte sich Goblin Slayer zu und flehte: »I... Ich bitte dich! Du bist doch auch Abenteurer!«

»Mir egal«, antwortete der Silber-Rang-Abenteurer genervt. »Ich bin nur Zeuge.«

»Aber ... du bist doch ...«

»Du hast die anderen Abenteurer ausgenutzt.«

Der Späher lief vor Zorn rot an und richtete den Blick auf die Inspektorin und die Gildenangestellte. Kurz dachte er darüber nach, seinen Dolch zu ziehen und sich auf die beiden zu stürzen. Er würde die beiden kurzerhand erledigen können ...

... allerdings müsste er dafür erst einmal Goblin Slayer überwinden. Als Späher war er Flink, aber nicht flink genug, um ihn zu besiegen. Er wusste: Er hatte keine Chance. Selbst er war nicht so dumm, um es auf einen Kampf mit Goblin Slayer ankommen zu lassen.

»Ts! Das werdet ihr bereuen!«, warf der Späher in den Raum, bevor er hastig aus dem Besprechungszimmer eilte und die Tür mit einem lauten Knall hinter sich zuzog.

»Beförderung abgelehnt. Hach. Das war gruselig …« Die Gildenangestellte sackte erschöpft auf dem Tisch zusammen. Sie wusste genau, was der starre Blick des Spähers bedeutet hatte, und wollte sich gar nicht erst ausmalen, was passiert wäre, wenn Goblin Slayer heute nicht dabei gewesen wäre. »Vielen Dank, Goblin Slayer.«

»Ich hab doch nichts gemacht«, antwortete der Abenteurer kopfschüttelnd.

Die Gildenangestellte richtete sich wieder auf und entgegnete: »Das stimmt nicht. Als ich in der Hauptstadt ausgebildet wurde, war es noch härter. Ständig haben die männlichen Abenteurer herbe Zoten gerissen und sich an die Frauen rangemacht …«

»Von denen gibt es in der Hauptstadt viele«, fügte die Inspektorin seufzend hinzu.

Die Gildenangestellte nickte ihrer Kollegin zustimmend zu und fuhr fort: »Normalerweise müssen wir als Angestellte der Gilde solche Abenteurer allein interviewen, aber wenn jemand als Zeuge dabei ist, dem man vertrauen kann, fühlt man sich gleich viel sicherer.«

»Ist das so?«

»Ja, natürlich.«

Goblin Slayer schwieg einen kurzen Moment, bevor er kurz darauf aufstand und sagte: »Ich geh dann mal.«

»Sie können sich an der Anmeldung eine Entschädigung abholen.«

»Okay.« Mit stapfenden Schritten ging der Abenteurer zur Tür.

»Ah, Ähm …«, stammelte die Gildenangestellte auf der Suche nach den richtigen Abschiedsworten.

Mit einer Hand auf dem Türknopf drehte sich Goblin Slayer zu ihr um und fragte: »Was?«

Nicht wissend, was sie sagen sollte, und auch ein wenig beschämt beschloss die Gildenangestellte, es beim Nötigsten zu belassen: »Vielen Dank noch mal.«

»Ja. Kein Problem.«

Mit einem Knall flog die Tür zu: Goblin Slayer hatte den Raum verlassen. Die Gildenangestellte sackte erneut auf dem Tisch zusammen. Die Tischplatte fühlte sich angenehm kühl auf ihrer Stirn an. »Puh …«

»Gut gemacht.« Die Inspektorin setzte einen freundlichen Gesichtsausdruck auf und klopfte ihrer Kollegin sanft auf den Rücken. »Aber was wird dieser Späher jetzt wohl machen?«

»Nun ja … Abenteurer müssen auch schauen, wie sie über die Runden kommen, und sein Vergehen war noch eine vergleichsweise kleine Straftat. Hoffentlich wird aus ihm jetzt nicht ein absoluter Taugenichts.«

»Es gibt viele verschiedene Arten von Abenteurern. Von denen, die im Sinne der Gerechtigkeit handeln, bis hin zu jenen, die nichts weiter als Chaos stiften.«

»Im Grunde hat er sich noch im Toleranzbereich bewegt, aber na ja … Ich muss dir für deine Hilfe heute danken.«

Die Inspektorin winkte mit den Händen ab und antwortete: »Nein, nein. Als Dienerin des erhabenen Gottes sind Aufgaben wie die heutige meine Pflicht.«

»Ich weiß, dass ich im Rahmen meiner Befugnisse entschieden habe, aber wie beurteilst du mein Verhalten aus der Sicht des Gottes des Rechts?«

»Er ist zwar Gott der Gerechtigkeit, aber die meisten verstehen ihn falsch.« Die Inspektorin räusperte sich theatralisch. »Wahre Gerechtigkeit besteht nicht darin, das Böse zu bestrafen, sondern dem Täter verständlich zu machen, dass er etwas Böses getan hat. Das Recht ist nur ein Hilfsmittel für ein geregeltes Leben. Nicht mehr und nicht weniger. Deshalb gibt der erhabene Gott auch keine direkten Anweisungen. Man soll nicht einfach nur den Worten der Götter folgen, sondern selbst nachdenken und Entscheidungen treffen.«

Immer noch auf dem Tisch liegend, richtete die Gildenagestellte den Blick auf die Inspektorin. »Das ist ein hervorragender Gedanke.«

»Ja, wenn man ihn richtig umsetzen kann. Verglichen mit der Jungfrau des Schwertes habe ich aber noch viel zu lernen.«

»Mit ihr hast du dir aber ein großes Vorbild genommen.«

Der Name »Jungfrau des Schwertes« war vor ungefähr zehn Jahren, als die Gildenangestellte zwölf oder dreizehn Jahre alt gewesen war, zum ersten Mal in aller Munde gekommen. Es war eine Zeit, in der noch keine Platin-Rang-Abenteurer existierten, und zusammen mit einer Gruppe von anderen Gold-Rang-Abenteurern war es einer jungen Frau gelungen, einen wiederauferstandenen Dämonenfürsten zu bezwingen.

Die Inspektorin seufzte wie ein verträumtes Mädchen und antwortete: »Ich bewundere sie. Verglichen mit dem was sie geleistet hat, war das heute nichts. Ich habe schließlich nur das Wunder

Lügen erkennen eingesetzt. Wie dem auch sei, es gibt noch viel zu tun, oder?«

»Neben dem Versetzungsbericht und den restlichen Rangaufstiegsinterviews stehen noch die alltäglichen Aufgaben an.«

»Lass den Kopf nicht hängen«, sagte die Inspektorin und klopfte der Gildenangestellten freundschaftlich auf den Rücken. Wissend, dass es nicht an der Zeit war, sich auszuruhen, raffte diese sich mit einem »Okay« wieder auf.

»Und? War er der Typ, an dem du interessiert bist?«, fragte die Inspektorin mit einem neckischen Grinsen.

»Ä… Ähm …«

Wirkte das Wunder Lügen erkennen der Inspektorin etwa noch? Mit einem leichten Nicken antwortete sie: »J… Ja, wieso?«

»Hm … Ich hab's mir schon gedacht. In der Hauptstadt haben dir auch eher die groben Typen gefallen.«

»Ja, aber ich glaube, dass es keinen Abenteurer gibt, der dickköpfiger ist als er …«

Leider – oder aus anderem Blickwinkel betrachtet vielleicht auch glücklicherweise – hatte die Gildenangestellte während ihrer Zeit in der Hauptstadt niemanden wie Goblin Slayer kennengelernt. Sie war ihm zum ersten Mal begegnet, als sie nach Abschluss ihrer Ausbildung ins Grenzland versetzt wurde. Er meldete sich als neuer Abenteurer an, und sie bezog ihre neue Position. In all der Zeit war er nur einer Aufgabe nachgegangen: der Jagd nach Goblins. Während andere dies misstrauisch betrachteten, war er für sie im Vergleich zu den aufschneiderischen Abenteurern eine erfrischende Abwechselung.

Sein Pflichtbewusstsein ist bewundernswert, aber er könnte mich zumindest mal zum Essen einladen ... Kaum hatte sie darüber nachgedacht, schüttelte die Gildenangestellte den Kopf. Der Gedanke, dass er sie zu einem Essen einladen würde, war komplett abwegig. Ihr hingegen fehlte der Mut, die Sache von sich aus anzustoßen. Dafür bräuchte sie einen besonderen Anlass.

»Hauptsache, du bist glücklich. Solltest du nicht zurück an die Arbeit?«, fragte die Inspektorin sie.

»Du hast recht. Ich sollte mit der Träumerei aufhören.« Die Gildenangestellte setzte sich auf und sortierte ihre Unterlagen. Es gab viel zu tun. Entschieden griff sie zur Feder, tippte sie ins Tintenfass und ...

»Hey.«

»Uwaaah!«

Goblin Slayer betrat plötzlich das Zimmer und erschreckte die Gildenangestellte so sehr, dass sie einmal quer mit der Feder über das vor ihr liegende Dokument fuhr. Sie sammelte sich kurz, richtete ihre Haare und gelobte sich, dass sie sich irgendwann bei der Inspektorin für das hämische Grinsen revanchieren würde, das diese ihr gerade zugeworfen hatte.

»Wa... Was ist denn, Goblin Slayer?«

»Ist doch klar«, antwortete er und zeigte ihr einen Auftragszettel.

Hat er ihn von der Tafel? Nein, da hängt gerade kein Goblin-Auftrag. Außerdem ist dieses Formular doch ... Ist das etwa ein direkter Auftrag?

Die Gildenangestellte wusste zwar nicht, von wem das Dokument kam, aber sie erkannte einen direkten Auftrag, wenn sie ihn sah. Irgendjemand musste nach Goblin Slayer verlangt haben.

Ihren verwirrten Blick ignorierend sagte Goblin Slayer: »Es geht um Goblins.«

*

Goblin Slayer saß in der Kneipe der Gilde auf einem Stuhl und erläuterte seinen Kameraden den Auftrag. Dass es erst Mittag war, interessierte die durstigen Kehlen der vielen anwesenden Abenteurer nicht, weshalb bereits eine sehr heitere Atmosphäre in dem Lokal herrschte. Da Abenteurer generell wenig darauf gaben, ob es Tag oder Nacht war, brannte in der Kneipe immer Licht, um sie jederzeit nach einem erschöpfenden Abenteuer willkommen heißen zu können.

»Die Belohnung ist ein Sack Goldmünzen pro Person. Entscheidet selbst, ob ihr mitkommen wollt.«

Die Priesterin rieb sich die Schläfen und antwortete: »Ich glaube, ich verstehe es endlich. Ich dachte, dass ich es bereits begriffen hätte, aber jetzt hat es erst richtig geklickt.«

»Ist das so?«

»Ja, genau«, stimmte die Elfe zu. »Wenn ich mich weiterhin jedes Mal über dein komisches Verhalten wundere, macht mein Körper das nicht mehr lange mit.«

Während der Echsenmensch mit dem Schwanz wedelte und fröhlich auf einem Stück Käse herumkaute, grinste der Zwerg breit, war aber wie geistesabwesend damit beschäftigt, Edelsteine in das Futter seiner Weste zu nähen.

Die Priesterin zeigte mit ihrem Zeigefinger auf Goblin Slayer, als würde sie ein Kind im Tempel belehren, und sagte: »Wie häufig muss ich es noch sagen? Eine Besprechung besteht nicht nur aus einem Ja oder Nein.«

»Aber ihr habt doch die Wahl.«

»Ja, aber nur ob wir mitgehen oder nicht.«

»Ist das so?«

»Ja, so ist es.«

Goblin Slayer verdrehte leicht den Kopf und die Priesterin war sich nicht sicher, ob er verstanden hatte, was das Problem war.

»Du gehst doch sowieso allein, wenn wir nicht mitkommen, oder?«, fragte die Elfe.

»Ja«, antwortete Goblin Slayer, als wäre das selbstverständlich.

»Dann ist das wirklich keine Besprechung.«

»Dass er überhaupt mit uns darüber redet, ist schon ein Zeichen der Besserung«, mischte der Zwerg sich ein, während er kritisch seine Arbeit im Licht betrachtete.

»Ja, er entwickelt sich in die richtige Richtung«, fügte der Echsenmensch schmatzend hinzu.

»Also können wir selbst entscheiden, was wir wollen?«, fragte die Priesterin, während sie sich seufzend auf ihren Stab stützte.

»Ja, macht, was ihr wollt«, erwiderte Goblin Slayer nüchtern.

»Dann werde ich dich begleiten.«

»Na ja, du bist auch auf mein Abenteuer mitgekommen …«, sagte die Elfe mit wackelnden Ohren. Ungeduldig kontrollierte sie ihren Langbogen, schaute in ihren Köcher und stand auf. Sie warf Goblin Slayer ein selbstsicheres Lächeln zu. »Im Austausch für meine Hilfe begleitest du mich auf ein weiteres Abenteuer. In Ordnung?«

»Ja. Einverstanden.«

»Aber dieses Giftgasding ist verboten!«

»Hm …«

»Auch kein Feuer oder Wasser!«, ergänzte die Elfte und tippte mit ihrem Zeigefinger gegen Goblin Slayers Helm.

»Aber …«

»Kein Aber!«

»Vergiss es. Wenn ihre Ohren wie der Schwanz eines Hundes wackeln, dann hört sie auf niemanden mehr«, gab der Zwerg zu bedenken.

Der Echsenmensch kniff amüsiert die Augen zusammen und leckte sich mit der Zunge über die Nasenspitze. »Selbst die schlauen Strategien des geschätzten Goblintöters zeigen bei der werten Waldläuferin keine Wirkung.«

»Dann halt nicht«, willigte Goblin Slayer ohne weitere Widerworte ein. Wenn nicht mehr nötig war, um die Elfe dazu zu bekommen, ihn zu begleiten, würde er nach ihren Regeln spielen. Mit einem Lächeln auf den Lippen nickte die Priesterin der Elfe zu.

»Es sieht so aus«, sagte der Echsenmensch, »als bräuchtet ihr noch einen weiteren Abenteurer, der Zauber wirken kann.«

»Hey, hey, Schuppiger«, unterbrach der Zwerg ihn in einem vorwurfsvollen Ton. »Was lässt du mich einfach außen vor?«

»Oh, ich bitte um Verzeihung. Zwei Abenteurer, die Zauber wirken können.«

Während der Echsenmensch mit den Augen rollte, gab der Zwerg ihm einen freundschaftlichen Stoß in die Seite.

»Na, wenn du das so sagst, kann ich wohl schlecht ablehnen.«

Da er fertig mit seiner Arbeit war, packte der Zwerg sein Nähzeug ein. Es war nicht zu erkennen, dass er die Edelsteine in seine Kleidung eingenäht hatte, und er ersparte sich damit die Notwendigkeit, seine Wertgegenstände irgendwo zwischenzulagern. Grinsend fuhr er sich durch den Bart sagte: »Ich werde euch begleiten.«

»Oje«, entgegnete die Elfe mit einem schelmischen Grinsen. »Wenn du nicht willst, dann musst du nicht.«

»Du hast gut reden. Wenn du wieder nur meckern willst, solltest wohl eher *du* hierbleiben.«

»Hmpf!« Die Ohren der Elfe stellten sich auf. Sie schlug mit beiden Händen auf den Tisch und näherte sich dem Zwerg. »Jetzt habe ich endgültig genug von dir! Ich fordere dich zum Duell heraus!«

»Oho! Mutig, mutig! Sei gewarnt, ich werde mich nicht zurückhalten.« Mit einem siegessicheren Lachen stellte der Zwerg zwei Flaschen und zwei Gläser auf den Tisch. »Ich trinke Branntwein und du Traubenwein. In Ordnung?«

»Mach dich auf was gefasst!«

Noch während sie sich ankeiften, füllten die beiden ihre Gläser und stürzten sie in einem Schwung hinunter.

»Hey! Die trinken um die Wette!«

»Hi hi hi … Auf wen setzt du?«

Natürlich ließen die anderen Besucher der Kneipe sich dieses Spektakel nicht entgehen. Während der Speerkämpfer sich sofort an den Tisch von Goblin Slayer und seinen Kameraden gesellte, nahm die Hexe ihren Hut ab und erklärte sich zum Buchmacher. Mehr und mehr Abenteurer gesellten sich dazu: Die erste, die Goldmünzen in den Hut warf, war die Ritterin.

»Ich setze drei Goldstücke auf die Elfe!«

»Hey, du bist aber mutig. Bist du dir sicher?«, erkundigte sich der Panzerkrieger, der neben ihr stand.

»Ha ha ha, im Namen der Gerechtigkeit setze ich auf den Außenseiter. Der erhabene Gott wird mir …«

»Was redest du denn da? Ich dachte Glückspiel wäre gegen die Regeln des erhabenen Gottes.«

»Ich bin für den Zwerg.«

»Nein, ich wette auf das Mädel.«

»Los! Macht weiter!«

Die Priesterin beobachtete besorgt, wie ihre Kameraden sich immer weiter reinsteigerten, und wandte sich verlegen an Goblin Slayer: »Sollten wir sie nicht lieber aufhalten?«

»Das ist eh nach ein paar Gläsern vorbei«, antwortete dieser gleichgültig.

Viele der Zuschauer waren sich sicher, dass der Zwerg als erfahrener Trinker die Elfe ohne Probleme in die Tasche stecken würde, aber der Echsenmensch war anderer Meinung: »Nein. Die werte Waldläuferin ist dickköpfig. Sie wird nicht so einfach aufgeben.«

Mit knallrotem Gesicht stürzte die Elfe ihr zweites Glas hinunter und verkündete triumphierend: »Noch eins! Ich bin noch lange nicht fertig!«

Sie hatte noch nicht angefangen, zu nuscheln, und auch ihr Blick war noch klar. Mit einem *Klack* wurde ihr das nächste Glas vor die Nase gestellt und auch dieses kippte sie mit einem Schwung hinunter. Die Leute begannen zu jubeln.

Kurze Zeit später sackte die Elfe sturzbetrunken auf dem Tisch zusammen, und der Zwerg riss mit einem Siegesschrei seine Faust in die Luft. Ihm war vollkommen egal, wie stolz man eigentlich darauf sein könnte, eine Elfe im Wetttrinken besiegt zu haben. Er genoss einfach den Moment.

»Ich bin als Nächstes dran«, sagte die Ritterin und machte Anstalten, sich zum Tisch durchdrängeln, aber der Panzerkrieger hielt sie auf.

»Du bist eine schlechte Trinkerin.«

Die drei anderen Mitglieder ihrer Gruppe begannen sofort zu kichern, aber als die Ritterin sah, dass der Speerkämpfer die Ärmel hochkrempelte, stieß sie den Panzerkrieger weg und meinte: »Ich werde nicht verlieren.«

Statt gegeneinander zu trinken, duellierten sich die beiden im Armdrücken, und was als Spaß losging, wurde sehr schnell bitterer Ernst. Das Geschrei war wieder groß. Während der Zwerg sich zum Schiedsrichter erklärte, nahm die Hexe weitere Wetten an. Ein Regen von Goldmünzen fiel in ihren Hut.

Der Speerkämpfer besiegte die Ritterin und der Panzerkrieger dann den Speerkämpfer.

»Als Nächstes bin ich dran«, rief der Kriegerlehrling, aber die Heilige in Ausbildung hielt ihn auf.

Der Panzerkrieger nickte anerkennend und griff sich den jungen Späher seiner Gruppe, um ihn gegen den Kriegerlehrling antreten zu lassen. Auf Signal des Zwerges begannen sie ihr Duell ...

»Goblin Slayer ... Sollen wir?«, fragte die Priesterin.

»Ja.« Goblin Slayer erhob sich von seinem Platz, ging um den Tisch herum und legte einen Arm um die Hüfte der Elfe.

»Hmpf ...« Er hob sie hoch, doch obwohl sie sehr zart aussah, schnaufte Goblin Slayer unter ihrem Gewicht. Er schaute kurz die Priesterin an, die ihn mit einem Grinsen bestätigte, dass er die Elfe nicht zurücklassen durfte.

»Sei mir später nicht böse«, murmelte Goblin Slayer leise, griff die Elfe bei den Oberschenkeln und warf sie sich über die Schulter.

»U... Mu...«

»Ich hab keine Ahnung, was du mir sagen willst.«

»Mhm. Hi hi ...«

Murmelte sie gerade etwas vor sich hin, oder war das die Sprache der Elfen? Goblin Slayer wusste es nicht, aber auf dem Gesicht der Elfe war ein Lächeln zu erkennen.

»Ich werde sie auf ihr Zimmer bringen«, sagte er nüchtern zu der Priesterin. »Hilf du ihr bitte beim Umziehen.«

»Ja! Überlass das mir.«

»Was? Ihr legt sie jetzt einfach so ins Bett?«, fragte der Echsenmensch. »Dann wird sie morgen aber einen sehr starken Kater haben.«

»Wenn sie morgen noch betrunken ist, kriegt sie von mir ein Gegengift.«

©Noboru Kannatuki

»Goblin Slayer, das wäre zu viel des Guten«, schimpfte die Priesterin.

»Das war ein Scherz.«

Der Echsenmensch und die Priesterin begannen laut zu lachen. Nicht weil der Witz witzig war, sondern weil Goblin Slayer versucht hatte, einen zu erzählen. Es war wirklich selten, dass er so gut gelaunt war.

An einem weit entfernten, aber dennoch nahen Ort.

»Fertig!« *Illusion* wischte sich den Schweiß von der Stirn. Stolz betrachtete sie das Labyrinth, das sie auf ein großes Papier aufgemalt hatte. Es war ein Dungeon: Jeder wusste, dass ein Abenteuer ohne Dungeon kein richtiges Abenteuer war.

»Verdammt.« Plötzlich fiel *Illusion* etwas auf. In einem Dungeon musste es Monster geben, denn sonst war es nichts weiter als ein Labyrinth. Außerdem wären ein paar Fallen gut.

Zuerst platzierte sie beliebig einige Goblins, weil Goblins einfach dazugehörten, aber was nun? Sowohl erfahrene Abenteurer als auch Anfänger brauchten passende Gegner, denn sonst kam keine Stimmung auf.

Während *Illusion* so vor sich hin grübelte, stieß *Wahrheit* zu ihr und erklärte: »Wie wäre es, wenn du es so machst?«

Illusion fragte skeptisch: »Ist das wirklich in Ordnung? Wenn du dabei bist, passieren immer schreckliche Dinge.«

Häufig redete *Wahrheit* den Auftraggebern bösartige Dinge ein, was dazu führte, dass Abenteurer betrogen wurden oder sogar starben. Wenn Abenteurer normalerweise eine Umgebung von zehn Fuß nach Fallen absuchten, platzierte er Fallen elf Fuß von ihnen entfernt.

Doch *Wahrheit* holte ein Buch hervor und sagte: »Schau. Hier drin gibt es genügend schreckliche Monster und Fallen!«

Er berührte die verschiedenen Bilder, die sich darauf magisch in seiner Hand manifestierten. Nach und nach platzierte er Monster und Fallen im Labyrinth, als plötzlich …

»Ah!« *Illusion* stieß einen Schrei aus, und *Wahrheit* lachte schallend.

»Jetzt muss ich der bösen Sekte nur noch eine passende Prophezeiung geben und es ist perfekt.«

»Das kann nicht dein Ernst sein ...«, murmelte *Illusion*, aber es war bereits zu spät.

Die Würfel waren längst gefallen: *Sie* waren bereits da.

Kapitel 2

Goblins töten in der Stadt des Wassers

Die Stadt des Wassers lag zwei Tagesreisen vom Westlichen Grenzland entfernt und war bekannt als die letzte Stadt im Westen des Zentralgebiets. Sie befand sich inmitten eines riesigen Sees, von dem viele Flüsse in verschiedene Himmelsrichtungen abgingen. Das machte sie zu einem wichtigen Knotenpunkt für Reisende und Händler. Ihre kreideweißen Mauern, die im Zeitalter der Götter keine Stadt, sondern eine Festung geschützt hatten, waren allerdings erst zu erkennen, wenn man den dichten Wald durchquert hatte, der den See umgab.

Ein Pferdewagen überquerte polternd die Brücke zur Stadt und passierte das Tor, auf dem das Symbol des Gottes des Rechts eingraviert war. Die Kombination aus Schwert und Waage sollte ein Zeichen dafür sein, dass selbst im Grenzland, wo sich viele Halunken und Monster herumtrieben, das Gesetz eine Rolle spielte.

Einer alten Wagenspur folgend hielt der Wagen schließlich auf einem Platz. Nach und nach stieg eine Gruppe von Abenteurern von seiner Pritsche.

»Uwah … Mein Hintern tut weh …« Die Elfe streckte ihren von der langen Fahrt geschundenen Körper.

Die Sonne stand hoch am Himmel und die vielen Läden, die sich auf Proviant für die Reisenden spezialisiert hatten, bereiteten gerade die Mittagsmahlzeiten vor. Süße Backwaren, herzhafte Fleischspieße und viele weitere Köstlichkeiten verströmten ihren Duft. Die Vielfalt der angebotenen Speisen war überwältigend.

Doch wer glaubte, hier würden nur Nahrungsmittel verkauft, der irrte sich. Links und rechts versuchten Händler auf die verschiedensten Arten das Interesse potenzieller Kunden zu wecken. Ein Zwerg preiste lautstark seine Waren an, während ein Elf geschwind um vorbeigehende Wesen tanzte und ein Rhea über den Platz flitzte und jeden ansprach, der auch nur für eine Sekunde stehenblieb.

»Flache Brust, aber breiter Hintern«, antwortete der Zwerg auf die Klage der Elfe. »Du solltest besser auf dich Acht geben. Der Zahn der Zeit macht schließlich vor nichts halt.«

»Ja, das sehe ich bereits an dir.«

»Ha ha ha! Das sagst *du*, aber die Zwergendamen fliegen nur so auf mich!«

Nicht wissend, was sie darauf antworten sollte, warf die Elfe dem Zwerg einfach einen wütenden Blick zu.

»So… Sollten wir nicht lieber den Auftraggeber aufsuchen?«, unterbrach die Priesterin die beiden Streithähne.

»Ja«, antwortete Goblin Slayer und zog den Auftragszettel aus seiner Tasche hervor. Er sah ziemlich mitgenommen aus. Ohne sich weiter daran zu stören, fuhr Goblin Slayer fort: »Wir sollten ihn im Tempel des Rechts treffen können.«

»Dann müssen wir hier entlang!«, sagte die Elfe freudig.

»Kennst du den Weg dorthin?«

»Ich war schon mal in dieser Stadt.«

Mit der Elfe an der Spitze setzte die Gruppe sich in Bewegung. Die Wege waren gepflastert, und viele kleine Brücken ermöglichten es, die Wasserstraßen zu überqueren, die sich kreuz und queer durch die Stadt zogen. Auf ihrem Weg sahen die Abenteurer viele schön verzierte Gebäude und begegneten mehreren Menschen in prachtvollen Kleidern. Im Vergleich zu der Stadt, aus der sie gekommen waren, war diese eine wahre Großstadt.

Die Priesterin sah beschämt an sich hinunter, als sie ihre Kleidung mit der einer modischen Passantin verglich. Auch wenn sie wusste, dass sie als Abenteurerin so etwas nicht tragen konnte, war sie ein wenig neidisch.

»Aber ... ähm ... gibt es in dieser Stadt denn wirklich Goblins?«

»Ich glaub schon«, antwortete Goblin Slayer kühl auf die Frage der Priesterin.

»Oho.« Die Zunge des Echsenmenschen schoss hervor. »Woher kommt diese Zuversicht?«

»Die Atmosphäre ähnelt der eines Dorfes, das bald von Goblins angegriffen wird.«

»Die Atmosphäre?« Der Zwerg schnupperte verwundert. »Das versteh ich nicht. Ich kann keine Goblins riechen.«

»Ihr Zwerge seid echt schwer von Begriff.«

»Das musst du gerade sagen. Du hast doch auch keine Ahnung, wovon er redet.«

Während der Zwerg schmollend die Arme verschränkte, wackelte die Elfe vergnügt mit den Ohren.

»Mein Volk lebt in den Wäldern, also muss ich mich auch gar nicht mit den Gerüchen einer Stadt auskennen.«

Bevor der Zwerg zu einer Antwort ansetzen konnte, fauchte der Echsenmensch die beiden an: »Reißt euch am Riemen, wir sind hier in einer Stadt.«

»Ja, ja. Was bist du eigentlich immer so streng mit uns, Schuppiger?«

»Wenn ihr euch zu benehmen wüsstet, bestände nicht die Notwendigkeit dazu.«

Die Zunge des Echsenmenschen zischte noch zweimal hervor, und die Priesterin begann zu kichern. Jetzt, wo der Streit unterbunden war, wanderte die Gruppe in aller Ruhe durch die beeindruckende Stadt und bekam dabei so manche Sehenswürdigkeit zu sehen. Während die anderen vier nicht aus dem Staunen herauskamen, untersuchte Goblin Slayer immer wieder aufmerksam die Umgebung.

»Auch wenn ich mich nicht mit den Gerüchen hier auskenne, werden schon keine Goblins mitten in der Stadt auftauchen, oder?«, murmelte die Elfe.

»Das weißt du nicht«, antwortete Goblin Slayer in scharfem Ton. »So etwas ist schon einmal passiert.«

Seine Bewegungen sahen aus, als würde er gerade eine Höhle erkunden. Während die an fremde Völker bereits gewöhnten Einwohner dem Rest der Gruppe keine weitere Beachtung schenkten, wurde Goblin Slayer mit kritischen Blicken überhäuft. Die Hochelfe schämte sich für all die Aufmerksamkeit, wusste aber, dass es sinnlos war, ihn auf sein Verhalten hinzuweisen.

»Und wo ist dieser Tempel nun?«, fragte der Echsenmensch interessiert.

»Ach, den kann man von hier schon sehen. Schaut. Da drüben.« Die Elfe zeigte auf ein prachtvolles Gebäude, das direkt neben einer großen Wasserstraße errichtet worden war. Der Eingang war gesäumt von kreideweißen Marmorsäulen, und darüber prangte das Symbol des Gottes des Rechts die Mauer.

»Wow …« Für einen kurzen Moment fiel der Priesterin die Kinnlade herunter. Der Tempel der Erdmutter, in dem sie aufgewachsen war, war auch ein beeindruckendes Gebäude gewesen, aber dieser Tempel stellte ihn ohne Probleme in den Schatten. Er war dem Namen des mächtigen Gottes des Rechts würdig.

»Goblin Slayer. Ist er nicht großartig?«

»Hm …«

Die Priesterin war weniger enttäuscht von Goblin Slayers Antwort als davon, dass sie geglaubt hatte, er würde anders reagieren. Wahrscheinlich sah er in dem Tempel nichts weiter als ein potenzielles Goblin-Nest. Schmollend blies sie die Backen auf. Sie wusste selbst, wie kindlich ihr Verhalten war, doch ohne weiter darüber nachzudenken, kam ihr plötzlich ein Gedanke in den Sinn.

»Ähm, Goblin Slayer?«

»Was denn?«

»Ist der Auftraggeber eine Priesterin des erhabenen Gottes?«

»Nein.« Er schüttelte den Kopf. »Die Erzbischöfin.«

»Hä?!« Die Priesterin umklammerte fest ihren Stab. Damit hatte sie nicht gerechnet. Die Erzbischöfin war für die Rechtsprechung im gesamten westlichen Grenzland zuständig. Nein, eigentlich noch viel mehr.

Sie war weithin bekannt als die Jungfrau des Schwertes.

*

Der Tempel des Rechts war nicht nur ein Ort der Gebete, sondern auch ein Ort, wo Recht gesprochen wurde. Diener des erhabenen Gottes entschieden hier über alle Arten von Vergehen, und selten herrschte Ruhe in seinen Hallen.

Weil die Abenteurer von der Erzbischöfin höchstpersönlich einberufen worden waren, wurden sie schnellen Schrittes durch die verschiedenen Warteräume, Gerichtssäle und Lagerräume geführt, bis sie schließlich in einem Altarraum im Innersten des Tempels ankamen.

Dort bot sich ihnen ein Anblick wie aus einer Göttersage. Die großen Fenster hinter einer Statue des erhabenen Gottes ließen alles in einem goldenen Licht erstrahlen, und vor dem Altar kniete eine Frau versunken im Gebet. Sie hatte glänzendes blondes Haar, und ihr üppiger Körperbau wurde von einer dünnen weißen Robe verhüllt. Der lange Stab, den sie in den Händen hielt, war dem Symbol des Gottes des Rechts nachempfunden und zeichnete sie als wahrhaftige Vertreterin der Gerechtigkeit aus. Würde man es nicht anders wissen, könnte man leicht dem Glauben verfallen, dass sie selbst eine Gottheit war.

Als die Frau hörte, wie sich jemand mit stapfenden Schritten näherte, richtete sie sich auf und drehte sich um.

In diesem Moment erkannten die Abenteurer, dass ihre Augen von einem schwarzen Tuch bedeckt waren, doch das änderte nichts an ihrer blendenden Schönheit.

»Mo… Moment mal, Goblin Slayer. Sei etwas ruhiger und stapf nicht so laut …«, beschwerte sich die Priesterin.

»Wir haben es eilig. Wir sind schon hier, also warum warten?«

»Orcbolg ist echt ungeduldig.«

»Ja, sogar ungeduldiger als jeder Elf.«

»Hey! Benehmt euch! Dies ist immer noch ein Ort des Glaubens.«

Laut, gesellig, wild und voller Lebenskraft. Das Verhalten der Abenteurer rief alte Erinnerungen in der Frau hervor. Mit einem Lächeln wandte sie, die Erzbischöfin des erhabenen Gotts, die Jungfrau des Schwertes, sich an die Besucher: »Wer seid ihr?«

»Ich bin gekommen, um Goblins zu vertreiben«, antwortete Goblin Slayer emotionslos.

Auch wenn so manche Person sein Verhalten wahrscheinlich als anmaßend bewertet hätte, wusste die Erzbischöfin, dass er es nicht so meinte.

»En… Entschuldigt sein Verhalten. Ähm … Ich bin sehr erfreut …«, stammelte die Priesterin eine Begrüßung hervor.

Sie war aufgeregt, die Erzbischöfin zu treffen. Seitdem die Jungfrau des Schwertes vor zehn Jahren einen wiederauferstandenen Dämonenfürsten besiegt hatte, war sie eine Berühmtheit. Sie war eine Legende: Sie gehörte nicht zu den Auserwählten, sondern war einfach so aus dem Volk hervorgegangen. Die Priesterin hätte in ihrer Zeit als Tempeldienerin noch nicht einmal zu träumen gewagt, dass sie jemals jemanden wie ihr persönlich begegnen würde.

Mit hochroten Wangen und glitzernden Augen verbeugte sie sich und sagte: »Also, Ä… Ähm … Da… Danke, dass Ihr uns empfangt …«

»Ein ehrenhafter Kämpfer und eine niedliche Priesterin …«

Die Priesterin spürte, wie die Jungfrau des Schwertes trotz der Augenbinde ihren »Blick« sanft über sie streichen ließ. Ihr Herz machte einen kleinen Sprung.

»Und ihr seid?«

»Wir sind Mitglieder ihrer Gruppe«, antwortete der Echsenmensch und legte seine Hände zu einem Gruß zusammen. »Ich bete zwar den fürchterlichen Drachen an, aber bin Euch gern zu Diensten.«

Auch wenn sein Gruß sich von dem des erhabenen Gottes unterschied, wusste die Erzbischöfin seine freundlichen Bemühungen zu schätzen. Sie schlug mit den Fingern ein Kreuz über der Brust und sagte: »Willkommen im Tempel des Rechts. Ich begrüße euch schuppiger Mönch.«

Die Hochelfe und der Zwerg hatten sich zwar hinter dem Echsenmenschen verbeugt, waren jedoch mittlerweile in Gedanken ganz woanders. Sie flüsterten sich gegenseitig zu:

»Hmm … Gar nicht so übel für Menschen.«

»Ja, da kann man wirklich nicht meckern.«

Sie betrachteten die prachtvollen Malereien an der Decke des Raums. Diese stellten detailliert eine Schlacht aus dem Zeitalter der Götter dar. Vor einem Hintergrund aus Sternen tanzten Strudel aus Magie. Ordnung kämpfte gegen Chaos und Illusion gegen Wahrheit. Die Götter warfen eckige Objekte und duellierten sich in einem Spiel, dessen Spielbrett diese Welt und dessen Figuren die Bewohner eben jener waren.

Aus Ehrfurcht vor den Göttern und ihrer Macht bemühten die sprechenden Völker sich darum, ein rechtschaffenes Leben zu führen. Zwerge und Elfen waren dabei keine Ausnahme: Allerdings vertrauten ihre Völker den Göttern – aufgrund ihrer engen Verbundenheit zu den Naturgeistern – nicht blind. Während viele Zwerge sich zumindest noch zum Gott des Schmiedens hingezogen fühlten, gingen nur die wenigsten Elfen religiösen Berufen nach.

Ein sonderlicher Krieger, eine niedliche Priesterin, ein Mönch eines anderen Glaubens, ein Zwergen-Magier und eine Elfen-Waldläuferin. Bei dem Anblick dieser zusammengewürfelten Abenteurergruppe konnte die Erzbischöfin sich ein Kichern nicht verkneifen, doch der Priesterin kam dieses Kichern seltsam vor.

»Ihr scheint wirklich tapfere Abenteurer zu sein. Das macht uns zu Kameraden. Ich heiße euch willkommen.«

Die Jungfrau des Schwertes streckte die Arme aus, als würde sie die Abenteurer umarmen wollen. Diese Bewegung hatte zu gleichen Teilen etwas Herzerwärmendes und etwas Anrüchiges an sich, und jeder normale menschliche Mann hätte sich wohl in diesem Moment kurz sammeln müssen, aber …

»Genug Geplänkel. Gib mir die Details über den Auftrag.«

… Goblin Slayer interessierte sie nicht im Geringsten.

»Mo… Moment mal, Goblin Slayer …«, die Priesterin war geschockt von der Unhöflichkeit ihres Kameraden. »Jetzt reiß dich mal am Riemen. Wie kannst du vor der Erzbischöfin …?«

»Mich stört es nicht.« Die Jungfrau des Schwertes schüttelte den Kopf. »Ich freue mich, dass ihr fähigen Abenteurer meinem Ruf gefolgt seid.«

»Hm …«, brummte Goblin Slayer als Antwort.

»Dürfte ich dich etwas fragen, Krieger? Könntest du jemanden deines Blutes töten, wenn er die Kräfte des Bösen unterstützt?«

»Nein, ich habe keine lebenden Verwandten.«

»Ich verstehe …«

»Und wo sind jetzt die Goblins?«

Hinter ihm seufzten seine Kameraden.

*

Bevor sie zu erzählen begann, gab die Erzbischöfin den Abenteurern ein Zeichen, sich auf den Boden zu setzen.

»Es begann vor ungefähr einem Monat. Spätabends war eine Tempeldienerin auf einem Botengang unterwegs, kam aber nicht mehr zurück.«

»Hm … Wurde sie getötet oder entführt?«, fragte Goblin Slayer in nachdenklichem Ton.

»Am nächsten Morgen wurde ihre Leiche in einer Gasse gefunden. Dem Anschein nach wurde sie bei lebendigem Leibe zerhackt.«

Obwohl die Jungfrau des Schwertes nicht ins Stocken geriet, erkannte die Priesterin ein leichtes Zittern in ihrer Stimme. War es nur Trauer oder vielleicht auch Angst? Sie konnte es nicht einschätzen.

»Oh, nein. Wie schrecklich …«, murmelte sie.

Die Erzbischöfin antwortete: »Auch wenn Mord ein fürchterliches Vergehen ist, passiert es immer wieder, aber diesmal …«

»Bei lebendigem Leibe …«, unterbrach sie Goblin Slayer.

»Wurde die Leiche bewegt? Wurden Teile von ihr gefressen, oder wurde sie nur getötet? Und …«

»Immer mit der Ruhe, Orcbolg. Das ist selbst für dich unsensibel.« Der Elfe war das Zittern auf den Lippen der Jungfrau des Schwertes aufgefallen. »Fahrt bitte fort, Erzbischöfin.«

»Es war ein wirklich schrecklicher Vorfall. Einige sagen, dass die Niederlage von Recht und Ordnung bereits seit der Erschaffung dieser Welt besiegelt ist, und es erscheint wirklich, als wäre das Böse unbesiegbar …« Die Jungfrau des Schwertes faltete die Hände und sprach ein kurzes Gebet.

Zwar stand der Tempel des Rechts in der Stadt des Wassers, aber das hieß nicht, dass die Stadt frei von Verbrechen war. Ihre Nähe zum Grenzland, welches das Zuhause vieler Monster und Schurken war, sorgte immer wieder für Probleme, und selbst das Licht des erhabenen Gottes reichte nicht aus, um all ihre Einwohner vor Unheil zu schützen.

Nachdem die Erzbischöfin ihr Gebet beendet hatte, stellte der Echsenmensch eine Frage: »Also führten die ersten Untersuchungen zu keinen Ergebnissen?«

»Ja … Wir tappten im Dunkeln. Wir wussten nicht, ob es einfache Gauner, Agenten des Bösen oder Anhänger einer Sekte waren. Obwohl die Stadt eigentlich immer sehr belebt ist, waren keine Zeugen der Tat zu finden. Während die Stadtwache sich auf die Suche nach dem Täter machte, nahmen die Straftaten immer weiter zu. Raub, Überfälle, Gewalt gegen junge Frauen und sogar Entführungen von Kindern.«

»Hmpf … Das gefällt mir nicht«, murmelte Goblin Slayer.

»Was gefällt dir schon, Bartschneider?« Der Zwerg machte der Erzbischöfin mit einer Handbewegung klar, dass sie nicht weiter über sein Verhalten nachdenken sollte, und fragte: »Aber das ist noch nicht das Ende der Geschichte, oder?«

»Ja ... Da die Stadtwache keine Spuren finden konnte, kam sie zu dem Schluss, man müsste die Täter auf frischer Tat ertappen. Um in der Stadt flächendeckend patrouillieren zu können, gaben wir Abenteurern den Auftrag, die Stadtwache zu unterstützen. Sie hatten die Anweisung, alles zu verfolgen, was ihnen verdächtig vorkam. Es war kein sonderlich eleganter Plan, aber er hatte Erfolg. Eine Gruppe von Abenteurern sah, wie eine Frau von einer kleinen Gestalt angegriffen wurde. Sie streckten den Angreifer nieder und fanden heraus, dass es ein Goblin war.«

»Also doch.« Nachdem er still zugehört hatte, bekundete Goblin Slayer jetzt sein Interesse.

Während der Zwerg sich durch den Bart fuhr und seufzte, überlegte die Priesterin laut: »Hm ... Aber wie ist der Goblin in die Stadt gekommen? Er wird doch nicht durchs Stadttor stolziert sein.«

»Er wird wahrscheinlich einen Wasserweg benutzt haben«, antwortete Goblin Slayer.

»Aber ein einzelner Goblin kann nicht solch einen Schaden anrichten, oder?«, fragte die Elfe.

Goblin Slayer wandte sich dem Echsenmenschen zu: »Was denkst du?«

»Goblins halten sich gern unter der Erde auf. Diese Stadt wurde auf den Überresten einer alten Festung errichtet, also gibt es sicher unterirdische Ruinen.«

»Dann bin ich mir sicher«, sagte Goblin Slayer entschieden. »Wenn ich ein Goblin wäre, würde ich mein Lager in der Kanalisation aufschlagen.«

»Du denkst echt wie eins dieser Viecher ...«, kommentierte die Elfe nüchtern seine Aussage.

»Natürlich. Wer sie nicht versteht, der kann auch nicht gegen sie kämpfen.«

Die Jungfrau des Schwertes hielt kurz inne, aber nickte dann entschieden.

»Es war bestimmt der Wille Gottes, der euch zu mir geführt hat. Auch wir sind nach einem Monat zu der Ansicht gelangt, dass sie unter der Erde sein müssen. Wir haben Abenteurern den Auftrag erteilt, Nachforschungen anzustellen.«

»Und haben sie dort ein Goblin-Nest gefunden?«, fragte die Priesterin aufgeregt.

Die Jungfrau des Schwertes schüttelte als Antwort nur langsam den Kopf, aber die Priesterin verstand sofort, was sie ihr sagen wollte. Die Abenteurer waren nie zurückgekehrt.

Die Priesterin musste sich unwillkürlich daran erinnern, was mit den Kameraden ihrer ersten Abenteurergruppe passiert war. Ihr war für einen kurzen Moment, als stiege ihr der faulige Geruch der Höhle erneut in die Nase. Zum Glück rissen die Worte der Erzbischöfin die Priesterin aus ihren Gedanken.

»Kurz darauf hörte ich ein Lied über Goblin Slayer, den Helden des Grenzgebiets.«

»Ein Lied?«, murmelte Goblin Slayer verständnislos.

»Wusstest du das nicht? Es wird über dich gesungen, Orcbolg!«

Die Elfe wedelte mit einem Zeigefinger durch die Luft. »Allerdings ist es etwas enttäuschend, wenn man auf die reale Variante trifft.«

»Mir egal.«

»Das sollte es dir nicht sein«, ermahnte der Echsenmensch den Krieger. »Diese Balladen bestimmen, wie man sich an dich erinnert.«

»Ja, und?«

»Bartschneider, sieh es so: Wenn mehr Leute von deinen Taten hören, bekommst du mehr Goblin-Aufträge«, sagte der Zwerg und klopfte sich auf den Bauch.

»Aha …«

Goblin Slayer richtete seinen Blick zurück auf die Jungfrau des Schwertes. Trotz ihrer Augenbinde schien es einen kurzen Moment lang so, als würden sich die Augen der beiden treffen.

»Ich bitte euch. Bitte, rettet unsere Stadt vor diesem Unheil«, bat die Erzbischöfin mit einer tiefen Verbeugung.

»Ich weiß nicht, ob wir die Stadt retten können, aber die Goblins werden wir töten«, erwiderte Goblin Slayer in kaltem Ton.

Die Priesterin begann erneut mit ihm zu schimpfen: »Goblin Slayer! Drück dich doch bitte etwas gewählter aus!«

»Aber es ist doch so.«

»Trotzdem ist gutes Benehmen wichtig!«

»Hm …«

Mit ernstem Ton wandte sich der Echsenmensch an den Krieger: »In der Kanalisation wirst du deine normalen Tricks nicht benutzen können, werter Goblintöter.«

»Es gefällt mir nicht, wie du sie als normal bezeichnest«, entgegnete die Elfe. Nach einem herzhaften Stoß in Goblin

Slayers Seite sagte sie zu ihm: »Die sind seltsam, nicht wahr, Orcbolg?«

»Ja, aber wir müssen die Goblins vollständig auslöschen. Uns darf keiner entkommen.«

»Da stimme ich dir zu, aber da wir unter der Stadt kämpfen werden, können wir keinen deiner komischen Tricks benutzen. Sonst gefährden wir die Leben der Einwohner. Verstehst du?«

Auch wenn die Elfe Goblin Slayer gerade belehrte, wusste sie, dass er sich bereits gebessert hatte. Als sie ihn kennenlernte, steckte er noch ganze Festungen an, bespritzte andere mit Goblin-Eingeweiden und bediente sich dreckiger Strategien, die denen der Goblins in so gut wie nichts nachstanden.

»Feuer, Wasser, Gift und Eingeweide sind verboten!«

»Ich hab dir doch schon gesagt, dass ich all das nicht einsetzen werde.«

Die Elfe hatte diesen Tonfall bisher nur gehört, wenn Goblin Slayer mit der Priesterin schimpfte. Sie gab ein kurzes »Hmpf« von sich und wackelte unzufrieden mit den Ohren.

Die kurze Auseinandersetzung der beiden ignorierend, wandte der Echsenmensch sich mit einer Frage an die Erzbischöfin: »Warum kümmert sich nicht die Wache oder das Militär um dieses Problem? Fällt solch eine Aufgabe nicht in ihr Gebiet?«

Da die Jungfrau des Schwertes schwieg, entschied sich Goblin Slayer dafür, an ihrer Stelle zu antworten: »Sie sind sich zu fein, um wegen ein paar Goblins auszurücken.«

Es war äußerst beschämend für die Erzbischöfin, aber der Krieger hatte voll ins Schwarze getroffen. Neben dem Umstand, dass die Wachen und Soldaten nicht gewillt waren, solchen Aufgaben nachzugehen, war es auch ein Kostenproblem. Die Ausbildung und die Ausrüstung der Wachen kosteten viel Geld, und außerdem musste die Stadt Entschädigung zahlen, wenn sie im Rahmen ihrer Arbeit verletzt oder sogar getötet wurden. Abenteurer hingegen waren für sich selbst verantwortlich und mit keinem weiteren Aufwand verbunden als die Belohnung, die sie erhielten, wenn sie einen Auftrag erfolgreich ausführten.

»Tja, da kann man nichts machen. Außerdem haben sie bestimmt auch noch ein wenig mit den Überresten der Armee des Dämonenfürsten zu tun«, sagte der Zwerg und strich sich durch den Bart. »Damit bleibt die Goblin-Jagd wohl weiterhin eine Aufgabe für Abenteurer …«

»Meine Güte … So ein Theater und das nur wegen ein bisschen Geld und Verwaltungsaufwand«, fügte der Echsenmensch seufzend hinzu.

Fast wie bei einem Schuldbekenntnis murmelte die Erzbischöfin: »Es ist beschämend, aber ja, so ist es. Barmherzigkeit wird nur einigen wenigen Bettelnden gewährt. Es gibt so viel Leid in der Welt, aber Rettung ist dennoch …«

Goblin Slayer unterbrach sie: »Das interessiert mich nicht. Sag uns lieber, wie wir in die Kanalisation kommen.«

Langsam drehte sich die Jungfrau des Schwertes dem Kämpfer zu, doch antwortete nicht.

»Hast du mich nicht gehört?«, fragte dieser ungeduldig.

»Oh, ja. Entschuldige bitte«, antwortete sie, als wäre sie gerade vollkommen in Gedanken versunken. Sie griff in den Ausschnitt ihrer dünnen Robe und zog ein Schriftstück hervor. Es handelte sich um eine alte Karte der Kanalisation. »Am einfachsten wäre es für euch, über den Brunnen im hinteren Garten des Tempels in die Kanalisation herabzusteigen.«

Nachdem sie die Karte ausgefaltet hatte, fuhr die Jungfrau des Schwertes mit der Hand darüber, und das alte Pergamentpapier gab knackende Geräusche von sich.

»Den Umständen halber möchte ich euch bitten, hier im Tempel zu übernachten, bis der Auftrag abgeschlossen ist.«

Anstatt zu antworten, studierte Goblin Slayer die Karte. Sie war vergilbt und die Zeit hatte ihre Spuren darauf hinterlassen, aber dennoch vermittelte sie klar, wie weitläufig und verwirrend die Kanalisation war.

»Das gleicht ja einem Labyrinth«, sagte die Priesterin. Schon jetzt konnte sie sich unzählige Stellen vorstellen, wo die Goblins sich eingenistet haben könnten. Dies würde ein schwieriger und durchaus gefährlicher Auftrag werden.

Bin ich etwa die Einzige, die sich ein wenig fürchtet? Um sich zu versichern, sah die Priesterin in die Gesichter ihrer Kameraden, aber sie wusste nicht, wie sie deren Gesichtsausdrücke deuten sollte.

Goblin Slayer fragte derweil: »Stimmt die Karte überhaupt noch?«

»Sie stammt zwar aus der Zeit, als der Tempel gebaut wurde, aber da das Wasser weiterhin unbehindert durch die Stadt fließt, scheint die Kanalisation nicht allzu stark beschädigt zu sein. Deshalb sollte sie größtenteils noch korrekt sein«, antwortete die Erzbischöfin.

»Verstanden.« Goblin Slayer faltete die Karte zusammen und warf sie hinter sich. Der Echsenmensch fing sie geschickt auf. »Du übernimmst das Kartenlesen.«

»Ja, in Ordnung.«

»Die Zeit ist knapp. Wir gehen.«

Ohne ein weiteres Wort zu verlieren, stand Goblin Slayer auf und ging in Richtung Ausgang. Seine Kameraden schauten sich kurz an und nickten sich dann zu.

»Tja, typisch Orcbolg«, sagte die Elfe und sprang auf. Sie hing sich ihren Langbogen über die Schulter, überprüfte ihren Köcher und eilte dem Krieger hinterher.

Der Echsenmensch nahm die Karte kurz in Augenschein und steckte sie dann vorsichtig in eine seiner Brusttaschen.

»Es scheint, als gäbe es Ruinen in der Kanalisation. Wahrscheinlich sollten wir uns erst einmal die anschauen.«

»Ja, aber übernimm du lieber die Führung. Auf das Langohr können wir uns nicht verlassen.«

Nachdem der Zwerg und der Echsenmensch sich kurz auf den Rücken geklopft hatten, standen sie auf.

»Dann entschuldigen wir uns«, verabschiedete sich der Echsenmensch höflich und verließ zusammen mit dem Zwerg den Raum.

Die Priesterin stand als Letzte auf, überprüfte ihre Ausrüstung und verbeugte sich tief vor der Jungfrau des Schwertes.

»Werte Erzbischöfin, ich breche auch auf.«

»Diese …«

Die Priesterin hatte sich bereits umgedreht, als die Jungfrau des Schwertes sie ansprach. Sie wandte sich ihr wieder zu.

»Wie bitte?«

»Diese Frage mag etwas unhöflich erscheinen, aber hast du keine Angst?«

Die Priesterin wusste nicht, wie sie antworten sollte. Die Jungfrau des Schwertes hatte ihr die Frage in einem ruhigen und warmen Ton gestellt, aber ihr Gesicht war frei von jeglicher Emotion. Die Priesterin entschied sich, die Wahrheit zu sagen.

»Doch. Natürlich habe ich Angst.«

Sie hatte ständig Angst, seitdem sie zu ihrem ersten Abenteuer aufgebrochen war, doch mit der Zeit hatte sich ihre Angst verändert. Sie dachte an ihre Kameraden: den gewaltigen Echsenmensch, den Krieger mit seiner billigen Ausrüstung, den runden Zwerg und die schlanke Elfe. Sie hoffte, dass nie einer von ihnen zu Schaden kommen würde.

»Aber ich bin mir sicher, dass alles gut gehen wird.«

Ohne dass sie es bemerkte, legte sich ein Lächeln auf ihre Lippen.

»Ja, alles scheint korrekt zu sein. Vielen Dank, dass Sie jedes Mal die Lieferung persönlich bringen.«

»Nichts zu danken. Das ist nun mal ein Teil meiner Aufgaben.«

»Es ist eine wahre Freude, mit Ihnen zusammenzuarbeiten. Nicht nur sind die Lebensmittel unheimlich köstlich, sondern auch noch unschlagbar günstig.«

»Ha ha ha … Ich freue mich, dass nach dem Vorfall im Frühling alles wieder etwas ruhiger geworden ist. Hach …«

»Oje, warum seufzen Sie? Wollen Sie noch einmal über die Preise verhandeln?«

»Ach, nein … Es ist ein wenig seltsam, dass er weg ist, oder?«

»Ja, aber es wird ihm sicher nichts passieren.«

»Das glaube ich auch. Mich beschäftigt allerdings etwas anderes.«

»Nämlich?«

»Er ist mit zwei weiblichen Abenteurern in einer großen Stadt … Dort gibt es viele Orte, an denen man sich *vergnügen* kann …«

»J… Ja, aber er hat doch auch männliche Begleiter. Sowieso ist er doch nicht der Typ für so etwas …«

»Das stimmt allerdings …«

»In den Geschichten heiraten Abenteurer doch immer Frauen, die sie gerettet haben, oder?«

»Ja, stimmt.«

»Aber passiert das wirklich so häufig?«

»Eine Seltenheit ist es nicht. Weibliche Abenteurer haben allerdings meistens Probleme damit, einen Partner zu finden.«

»Was denken die Frauen, die er rettet, wohl von ihm?«

»Hm … Vielleicht, dass er der beste Goblin-Jäger des Grenzlandes ist?«

»…«

»Möchten Sie einen Tee?«

»Ja, gerne.«

»Es findet bald das Erntefest statt, nicht wahr?«

»Das werde ich mir nicht entgehen lassen.«

»Ich mir auch nicht.«

Die beiden hatten sich entschieden.

Kapitel 3

Zufallsbegegnung

Ein ohrenbetäubender Schrei hallte durch die Tunnel der Kanalisation. Goblin Slayer hatte mithilfe eines Beils den Kopf eines Goblins gespalten. Ohne zu zögern trat er die Leiche in den Kanal aus Schmutzwasser, der durch die Mitte des Tunnels floss. Kurz darauf war sie verschwunden.

»Ich glaube, das war der Letzte.«

Der Echsenmensch war herumgegangen und hatte sichergestellt, dass alle Goblins wirklich tot waren. Jetzt seufzte er und wischte das Blut von seiner Klinge. Im flackernden Licht der Fackel, die die Abenteurer in ihre Mitte geworfen hatten, waren sowohl frische Goblin-Leichen als auch verweste Überreste von Abenteurern zu sehen.

»Nein, noch nicht.«

Die Elfe hatte einen fliehenden Goblin-Bogenschützen entdeckt und schickte ihm einen Pfeil hinterher. Wie ein magisches Geschoss verfolgte dieser den Goblin um eine Ecke und bohrte sich in seinen Schädel. Die Gruppe der Abenteuer hörte einen kurzen Schrei und ein platschendes Geräusch.

»*Das* war der Letzte.«

»Puh … Gute Arbeit.« Ihren Stab immer noch fest umklammernd atmete die Priesterin erleichtert aus. Sie hatte sich bereitgehalten, um im Notfall ein Wunder zu wirken, aber zum Glück war das nicht nötig gewesen. »Wer hätte gedacht, dass es so viele sind.«

»Ich«, sagte Goblin Slayer während er grob an der Leiche eines Abenteurers zog. Sie war bereits so stark verwest und von Ratten zernagt, dass nicht mehr zu erkennen war, ob es sich um die Leiche eines Mannes oder einer Frau handelte. Goblin Slayer störte das jedoch nicht im Geringsten, und er machte sich daran, sie zu plündern. Das verrostete Kettenhemd und der kaputte Helm waren unbrauchbar – auch ihre Tasche war leer. Das Langschwert schien jedoch im guten Zustand zu sein, weshalb er es an sich nahm, auch wenn es für seinen Geschmack zu lang und zu schwer war. »Der Ausrüstung zufolge war die Person hier wohl ein Krieger. Er geriet in einen Hinterhalt und wurde von einem Schlag an den Kopf getötet. Es muss so schnell gegangen sein, dass er noch nicht einmal seine Klinge ziehen konnte.«

Mit einem »Gut« richtete Goblin Slayer sich wieder auf.

Seufzend sagte die Priesterin: »Ich würde jetzt nicht das Wort ›gut‹ benutzen. Darf ich?«

»Ja.«

Goblin Slayer drehte die Leiche auf den Rücken und die Priesterin kniete sich daneben. Ihr war es egal, dass ihre weiße Kleidung dabei schmutzig wurde.

»Höchst barmherzige Erdmutter. Bitte führe mit deinen Händen die Seelen derer, die diese Erde verlassen haben.« Mit geschlossenen Augen und dem Stab fest im Griff rezitierte sie die heiligen Texte. Ihre Worte klangen wie leiser Gesang, der die Götter darum bat, die Seelen der toten Abenteurer und Goblins zu retten.

»Ich hätte sie gern über der Erde begraben«, sagte der Echsenmensch, der die Hände zu einem besonderen Zeichen zusammengelegt hatte. »Es wäre schön, wenn sie als Nahrung für Ratten und Würmer ihren Weg zurück in den Kreislauf des Lebens finden.«

Auch wenn beide unterschiedliche Gottheiten anbeteten und unterschiedliche Lehren verfolgten, beteten sie für das Seelenheil der Verstorbenen. Als sie mit ihren Gebeten fertig waren, blickten die Priesterin und der Echsenmensch sich zuversichtlich an. Sie waren sich sicher, dass ihre Gebete von einem der Götter erhört würden.

Während die Elfe die beiden mit einem Auge beobachtete, zog sie einen ihrer Pfeile aus einer Goblin-Leiche. Sie überprüfte die Spitze und steckte ihn zurück in ihren Köcher.

Als sie Goblin Slayers kritischen Blick bemerkte, sagte sie: »Nur damit du es weißt, ich mache dich hier nicht nach. Es wird ein langer Kampf und ich will keine Goblin-Pfeile benutzen müssen. Die sind so primitiv.«

»Ist das so?«

»Ja!«

»Na dann.«

Der Zwerg hatte seine Hand noch immer in der Tasche mit den Katalysatoren, die er für seine Zauber benötigte, aber sein Blick war in die tiefe Dunkelheit des Tunnels gerichtet. Da er an das Leben unter der Erde gewöhnt war, hätte er sich selbst ohne Fackel hier unten zurechtfinden können.

»Es ist wirklich schwer einzuschätzen, wie viele von ihnen in diesen Gewölben sind.«

Es war bereits der dritte Tag ihrer Erkundung der Kanalisation, und allein heute waren sie fünf Mal angegriffen worden.

*

Für die Abenteurer fühlte es sich an, als wäre die gesamte Kanalisation mittlerweile ein Goblin-Nest. Die fiesen Biester nutzten die labyrinthartige Struktur der Tunnel zu ihrem Vorteil: Man konnte sich nie sicher sein, wann und wo sie als Nächstes angreifen würden.

»Kaum zu glauben, dass dies alltäglich für Abenteurer sein soll, die in Labyrinthstädten wohnen.«

Die Gruppe war erschöpft: Dass der sonst so standhafte Echsenmensch sich beschwerte, war der beste Beweis dafür. Die Notwendigkeit, immer wachsam zu sein, und die verwirrende Umgebung belasteten die Abenteurer unheimlich.

»Keine Sorge«, murmelte Goblin Slayer, der aufmerksam die Umgebung untersucht hatte. »Das hier sind Steinwände. Wenigstens können sie keine Tunnel graben und uns von der Seite überraschen.«

»Erinnere mich nicht daran ...«, beschwerte die Priesterin sich mit einem nervösen Gesichtsausdruck. Sie wollte in so einer Situation nicht darüber nachdenken, was damals passiert war.

»Tut mir leid.«

»Ist schon gut.«

Um das Thema zu wechseln, sagte der Zwerg: »Zumindest müssen wir mit dem ganzen Müll hier unten nicht unseren Geruch verdecken.«

»Hey! Erinner mich jetzt nicht daran!« Goblin Slayer hatte bei der Erkundung einer Ruine die Kleidung der Elfe mit den Körpersäften und Gedärmen eines Goblins eingerieben. Auch wenn sie seitdem alles etliche Male gewaschen hatte, musste sie sich immer noch beim Gedanken an den Gestank schütteln. »Orcbolg, wenn du das je wieder machst, kriegen wir beide richtig Ärger.«

Goblin Slayer atmete einmal tief ein und aus, als ob er die Gerüche überprüfte, die in der Luft lagen, und antwortete ihr nüchtern: »Diesmal besteht zumindest kein Bedarf.«

»Hmpf ... Moment mal! Da fällt mir wieder was ein!«

»Was denn?«

»Du hast dich dafür bei mir noch nicht entschuldigt!«

»Warum auch?«

Die Elfe blähte schmollend die Backen auf, bevor sie etwas bemerkte. Neugierig richtete sie ihren Blick nach oben.

»Was ist los, Langohr?«, fragte der Zwerg.

»Irgendwas ist komisch ... Höre ich etwa Wasser über uns?«

Kaum hatte die Elfe ihre Frage ausgesprochen, waren erst ein, dann zwei, dann drei Plitsch-Geräusche auf dem Wasser des Kanals zu hören.

»Hm?« Der Echsenmensch leckte sich verwundert über die Nasenspitze, und plötzlich wurde aus den Plitsch-Geräuschen ein Rauschen.

»Ist das etwa Regen?«, fragte die Priesterin.

Die Elfe versuchte, sich mit den Händen vor den Tropfen zu schützen, und fügte hinzu: »Wie kann das hier unter der Erde sein?«

»Wahrscheinlich regnet es an der Oberfläche, und das Regenwasser kommt durch die Abflüsse hierher«, erklärte der Zwerg. »Was denkst du, Bartschneider?«

»Das ist gar nicht gut«, sagte Goblin Slayer, während er versuchte, seine Fackel mit dem Schild zu schützen. »Jetzt müssen wir eine Laterne benutzen, wir rutschen leichter aus und außerdem laufen wir Gefahr, dass wir nass werden und uns unterkühlen.«

Der Echsenmensch nickte und schlug vor, dass sie eine kurze Pause einlegen sollten. Da alle zustimmten, suchten sie in einem der kleinen Nebentunnel, in dem es nicht so stark regnete, Zuflucht. Da sie keine Zeltplane dabeihatten, zogen die Abenteurer sich ihre Mäntel aus Kammgarn an und setzten sich in einen Halbkreis. Mithilfe der fast erloschenen Fackel zündete Goblin Slayer eine Laterne an, die die Priesterin mitgebracht hatte.

»Orcbolg, warum benutzt du eigentlich sonst keine Laternen? Wenn man sie an den Gürtel bindet, hat man beide Hände frei«, fragte die Elfe neugierig.

»Fackeln kann man als Waffe benutzen. Laternen hingegen gehen leicht kaputt.«

»Ach so …«

Goblin Slayer störte sich nicht an den Regentropfen, die auf seinen Eisenhelm tropften, und ließ den Dreckwasser-Kanal, der in dem großen Tunnel vor ihnen lag, keine Sekunde lang aus den Augen.

»Goblin Slayer, solltest du nicht deinen Helm ausziehen?«, fragte die Priesterin.

»Nein, wir wissen nicht, wann sie wieder angreifen.«

»Bartschneider, ich habe mir das schon häufiger gedacht, aber du solltest besser mit deiner Ausrüstung umgehen.«

Der Zwerg holte eine Flasche und ein paar Schalen aus seiner Tasche und schüttete jedem etwas Branntwein ein.

»Hier, trinkt. Der wärmt von innen.«

»Ich …«

»Ja, ich weiß. Nur einen Schluck. Ich mach das nicht, um dich zu ärgern.«

Die Elfe führte die Schale vorsichtig an die Lippen und nippte kurz an dem Branntwein, nur um ihr Gesicht sofort zu einer Grimasse zu verziehen.

»Urgh!«

»Du bist so ein Kind.«

Die Priesterin fragte besorgt: »Alles in Ordnung?«

»Al… Alles okay. Ich pass schon auf, dass ich es nicht übertreibe. Eine betrunkene Waldläuferin hilft schließlich keinem.«

Auch die Priesterin hatte ihre lieben Probleme mit dem hochprozentigen Getränk und schlürfte es wie eine bittere Medizin.

Im Gegensatz zu den beiden anderen kippte der Echsenmensch seinen Branntwein in einem Schwung hinunter. »Ja, das schmeckt ganz hervorragend. Am liebsten würde ich davon gleich ein ganzes Fass trinken.«

»Selbst mit meinen Tricks könnte ich kein ganzes Fass mitschleppen. Nimm du auch einen Schluck, Bartschneider.«

Ohne dem Zwerg zu antworten oder seinen Blick vom Kanal abzuwenden, schüttete Goblin Slayer den Branntwein durch einen Spalt in seinem Helm. Eine Zeitlang sagte niemand etwas, und es war nichts weiter als das Rauschen des Regens und der Atem der Gruppenmitglieder zu hören.

»Wir sollten eine Kleinigkeit essen«, sagte Goblin Slayer mit leiser Stimme. »Ein wenig Hunger kann motivierend sein, aber wenn es so weitergeht, fehlt es uns an Energie.«

Die Priesterin wühlte ihn ihrer Tasche und holte ein in Papier gewickeltes Päckchen und eine Flasche hervor.

»Wenn einfache Dinge genügen … Ich habe Brot und Wein dabei. Ich wollte eigentlich kochen, aber hier ist nicht der richtige Ort dafür.«

»Das stimmt wohl«, stimmte die Elfe lachend zu.

»Oho! Langohr, von ihr kannst du eine Menge lernen«, stichelte der Zwerg die Elfe.

Doch anstatt einen Streit vom Zaun zu brechen, antwortete sie einfach nur schnippisch: »Hmpf … Vielleicht lerne ich das Kochen ja irgendwann.«

Die Priesterin teilte ihr Proviant mit ihren Kameraden und auch wenn es nichts Besonderes war, erfüllte er seinen Zweck. Nach einer Weile des Schweigens beschwerte die Elfe sich jedoch: »Ich versteh wirklich nicht, wie irgendjemand gern unter der Erde essen, geschweige denn leben würde.«

»Jetzt halt aber mal den Ball flach, Langohr. Für uns Zwerge gibt es nichts Schöneres als ein Zuhause unter der Erde.«

»Lasst uns ein Festmahl zu uns nehmen, wenn das hier vorbei ist.«

Mit seinem Kommentar erstickte der Echsenmensch den entflammenden Streit zwischen dem Zwerg und der Elfe im Keim.

»Ja, das ist eine gute Idee«, stimmte die Priesterin ihm zu. Sie hielt eine Schüssel mit Traubenwein in den Händen. »Waren die Spezialitäten dieser Gegend nicht …«

»Gebratene Flussfische, Kalbsleber und Eintöpfe mit Wein«, erklärte Goblin Slayer nüchtern. »Weil das Mehl hier besonders fein ist, sollen die Backwaren auch sehr lecker sein.«

Während der Zwerg ganz erstaunt den Krieger anblickte, lobte der Echsenmensch ihn: »Oho, der werte Goblintöter kennt sich gut aus.«

»Jemand, den ich kenne«, erwiderte Goblin Slayer, »hat es mir erzählt, als ich erwähnt habe, dass ich in die Stadt des Wassers reise.«

Wen er damit wohl meint?

Der Priesterin fielen die Gildenangestellte, die Kuhhirtin und die Hexe ein. Der Speerkämpfer oder der Panzerkrieger würden solche Unterhaltungen mit ihm nicht führen. Sie musste kichern. Eigentlich war es erstaunlich, wie viele Bekanntschaften Goblin Slayer geschlossen hatte, seitdem sie mit ihm unterwegs war.

Die Gruppe war gerade wieder einem angenehmen Schweigen verfallen, als Goblin Slayer sich plötzlich aufraffte.

»Was ist denn los?«, fragte die Priesterin überrascht.

»Macht euch bereit.«

Schnell packte die Gruppe ihre Sachen ein. Goblin Slayer hatte etwas gespürt, und selbst wenn es nur eine Einbildung gewesen war, war es an der Zeit für die Abenteurer, sich wieder in Bewegung zu setzen. Als eingespieltes Team wussten die Abenteurer, was zu tun war.

Als das Gruppenmitglied mit dem besten Gehör eilte die Elfe an Goblin Slayers Seite und lauschte nach auffälligen Geräuschen.

»Da kommt etwas!«

Die Abenteurer griffen zu ihren Waffen. Goblin Slayer zog das geplünderte Langschwert und der Echsenmensch seine beschworene Klinge. Die Priesterin umgriff fest ihren Stab, der Zwerg zückte seine Schleuder und die Elfe spannte einen Pfeil auf ihren Bogen.

»Hier, Bartschneider!«

Der Zwerg warf Goblin Slayer die Laterne zu, der sie mit der linken Hand fing und an seinem Gürtel befestigte. Mittlerweile konnte die gesamte Gruppe das Geräusch vernehmen, das die Elfe gemeint hatte. Es wurde nicht von der starken Strömung des Kanals erzeugt, sondern es klang wie etwas, das schnell den Kanal herunterschwamm. Bevor einer der Abenteurer eine Vermutung anstellen konnte, war das Objekt auch schon in Sicht.

Es war ein Schiff, das aus groben Holzresten zusammengezimmert worden war und auf ihm fuhren …

»Goblins!«

Kaum hatte die Elfe die Warnung ausgesprochen, begannen die kleinen Bestien die Abenteurer mit ihren Bögen zu beschießen.

»Höchst barmherzige Erdmutter. Bitte beschütze uns Schwache mit deiner Erde.«

Die Priesterin wirkte das Wunder Schutzwall und erzeugte damit eine unsichtbare Mauer, die die Pfeile abprallen ließ.

»Ich weiß nicht, wie lange ich das Wunder aufrechterhalten kann …«

»Es wird schon reichen«, erwiderte Goblin Slayer und wandte sich der Elfe zu. »Wie viele sind es?«

»Ich schaffe es nicht, sie zu zählen. Was machen wir?«

»Du fragst noch? Unsere Aufgabe bleibt dieselbe.« Goblin Slayer drehte das Schwert in seiner Hand und hielt es nun wie einen Speer. »Goblins töten.«

Mit diesen Worten schleuderte er die Klinge in Richtung des Schiffs. Weil das Schwert keine Gefahr für die Priesterin darstellte, durchdrang es Schutzwall ohne Probleme. Mit gewaltiger Wucht schlug es in der Stirn des Goblin-Schamanen ein, der die Bestien befehligte, und sein lebloser Körper fiel rücklings über Bord.

»GROOARRB!!«

»GAROORORROR?!«

Verwirrt durch den Verlust ihres Anführers schrien die restlichen Goblins auf.

»Wie häufig kannst du noch zaubern, Zwerg?«

»Mehrfach. Ich habe mir die Zauber aufgespart!«

»Dann erzeuge mit ›Tunnel‹ ein Loch.«

»Red keinen Unsinn! Willst du die Stadt zerstören?!«

»Nicht über uns. Ein Loch im Kanal, damit das Schiff untergeht.«

»Die Stadt wurde nach einem präzisen Muster aufgebaut! So ein Loch in der Kanalisation könnte alles zum Einsturz bringen.«

Der Zwerg war fassungslos darüber, wie Goblin Slayer überhaupt auf so eine Idee kommen konnte.

»Aber Feuer, Wasser und Gift gehen auch nicht …« Goblin Slayer schien einen kurzen Moment lang ratlos.

In einem ungefährlicheren Moment hätte die Elfe bestimmt über die fast schon kindische Reaktion des Kriegers gelacht, aber gerade wusste sie sich nicht anders zu helfen, als ihn anzuschreien: »Denk dir was anderes aus!«

Nachdem die Goblins aufgrund ihrer Verwirrung kurz ihren Angriff gestoppt hatten, nahmen sie diesen nun wieder auf.

Pfeilhagel nach Pfeilhagel prallte gegen das Wunder der Priesterin, die erschöpft ihren Kameraden zurief: »Ich kann Schutzwall nicht viel länger aufrechterhalten!«

Der Echsenmensch wandte sich leicht nervös an Goblin Slayer: »Hast du diesmal keine Portal-Schriftrolle dabei?«

»Wie hätte ich auf die Schnelle ein neue auftreiben sollen?«

Portal-Schriftrollen waren ungeheuer selten und wertvoll. Goblin Slayer hatte die eine, die sich in seinem Besitz befand, benutzt, als die Gruppe gegen den Oger gekämpft hatte. Allerdings hatte er etwas anderes dabei …

»Was sollen wir tun, werter Goblintöter?«

»Sobald der Schutzwall bricht, springen wir beide aufs Schiff.«

»Verstanden.«

Nachdem er sich mit dem Echsenmenschen abgestimmt hatte, wandte Goblin Slayer sich an die Priesterin: »Wirke, sobald wir gesprungen sind, erneut Schutzwall für euch.«

»J… Ja!«

Goblin Slayer seufzte. Jetzt war da noch das Problem der Waffe. Er hatte nichts weiter als seinen Dolch, aber damit würde er nicht weit kommen.

»Einen Moment, werter Goblintöter.« Der Echsenmensch zog einen Fangzahn aus seiner Brusttasche und sprach ein Gebet an seine Vorfahren: »Sichelschwinge des Velociraptors flieg messerscharf empor und begib dich auf die Jagd!«

Der Fangzahn in seinen Händen wurde von der Kraft des fürchterlichen Drachen erfüllt und verwandelte sich in ein Knochenschwert.

»Nimm dieses Schwert, aber bitte wirf es nicht.«

»Ich versuch es.«

Goblin Slayer schwang die Waffe ein paarmal. Sie war gar nicht so übel.

»Der Schutzwall bricht!«, schrie die Priesterin, und die unsichtbare Mauer zersprang in tausend Stücke.

Im selben Moment warf Goblin Slayer ein Ei, das er aus seiner Tasche geholt hatte, auf das Schiff und rief zum Echsenmenschen: »Halte Augen und Mund geschlossen! Spring!«

»GARARAOB?!«

»GRORRRR?!«

Die Mischung aus zerriebenem Pfeffer und Giften, die dem zersprungenen Ei entkommen war, verteilte sich in der Luft und setzte die Goblins einen Moment lang außer Gefecht. Goblin Slayer und der Echsenmensch nutzten diesen Moment und landeten auf dem Deck des Goblin-Schiffs. Durch das Gewicht der beiden wurde das Schiff ins Schwanken gebracht, und die ersten Goblins fielen platschend ins Wasser.

Sie ignorierend schmiss Goblin Slayer sich auf den nächstbesten Goblin und durchbohrte ihn mit seiner Klinge. Ein weiterer Goblin wollte diese Chance nutzen, um sich von hinten auf ihn zu werfen, doch er werte den Angriff mit dem Schild ab.

»GAROU!«

Erst als er hörte, wie sein Schild auf etwas Metallenes traf, bemerkte Goblin Slayer, dass die Goblins auf diesem Schiff Rüstungen trugen. Ohne weiter zu zögern, trat er den durch seinen Schildhieb ins Wanken geratenen Goblin ins Wasser.

»GROOROB?!«

Dieser versuchte sich verzweifelt über Wasser zu halten, aber das Gewicht der Rüstung zog ihn unter Wasser und er ertrank.

Den Schwung von seinem Tritt nutzend warf Goblin Slayer sich auf den nächsten Gegner.

»GAROOARA?!«

»Es ist einfacher, sie von Bord zu werfen«, rief der Krieger dem Echsenmenschen zu.

»Ja!«, antwortete dieser und rezitierte mit Gebrüll ein Kampfgebet. »Oh, fürchterlicher Drache! Sei Zeuge, wie einer deiner Nachkommen kämpft!«

Die ersten Goblins schienen sich von der giftigen Mischung aus dem Ei zu erholen, doch bevor sie sich sammeln konnten, war es für die meisten von ihnen bereits zu spät.

»Sechzehn«, murmelte Goblin Slayer und schaute sich kurz um. »Wieso sind es so viele?«

Für jeden Goblin, den sie töteten, schienen zwei neue aufzutauchen. Es war unglaublich, wie viele von ihnen sich auf diesem Schiff befinden mussten.

»GOOORRB!«

»GROB! GOOBR!«

Allein hätten Goblin Slayer und der Echsenmensch sie nicht besiegen können, aber zum Glück waren sie nicht allein.

»GRAB?!«

Ein Pfeil flog heran und durchbohrte den Schädel eines Goblins.

»Ein Elf trifft mit seinen Pfeilen selbst mit geschlossenen Augen!«, prahlte die Waldläuferin.

Sie feuerte in solch einem Tempo, dass es mit dem menschlichen Auge kaum wahrzunehmen war, und bewies damit, dass es keine anderen Wesen innerhalb der sprechenden Völker gab, die so begabt im Umgang mit Pfeil und Bogen waren wie die Elfen. In kürzester Zeit hatte sie ihren Köcher leergeschossen und begann mit leichtem Unbehagen auf Goblin-Pfeile zurückzugreifen.

»Was für widerliche Dinger.«

Doch obwohl die Elfe sich beschwerte, verfehlte sie auch mit diesen Pfeilen kein einziges Mal.

Zur gleichen Zeit griff ein Goblin auf dem Schiff zum Bogen. Er spannte einen Pfeil auf die Sehne und zielte, so gut es ein Goblin auch nur konnte. Sein Ziel: die Elfe. Er wusste, dass er seinen Spaß mit ihr haben könnte, wenn er sie am Leben lassen würde, aber in diesem Moment würde ihm ihr Tod nicht weniger Freude bereiten.

»ORGGGG...«

Mit einem dreckigen Grinsen schoss er den Pfeil ab.

»Schutzwall!«

Bevor das Geschoss die Elfe erreichen konnte, erhörte die barmherzige Erdmutter die Bitte der Priesterin und der Pfeil prallte ab. Innerhalb des Bruchteils einer Sekunde hatte sich die Elfe dann auch bei dem Goblin für seinen Pfeil mit einem weiteren revanchiert.

»Danke«, sagte die Elfe und schenkte der Priesterin ein Lächeln.

»Nicht nötig, ich muss auch mein Bestes geben.«

»Ich bin so weit!«, meldete der Zwerg. Er hatte nach den richtigen Katalysatoren für seine Zauber gesucht und hielt jetzt etwas Lehm in der Hand.

»Beeil dich einfach. Ihr Zwerge seid zu langsam«, stichelte die Elfe, ein breites Grinsen auf dem Gesicht.

»Halt die Klappe. Wir kämpfen nun mal auf unsere eigene Art.« Er formte den Lehm zu einer Kugel, hauchte sie an und murmelte etwas. Dann schrie er so laut, wie er konnte: »Bartschneider! Schuppiger! Kommt zurück!«, bevor er die Kugel in die Luft warf.

»An die Arbeit, Gnome! Formt die einzelnen Sandkörner und rollt sie zu Steinen.«

Nachdem der Zwerg die Worte der Macht ausgesprochen hatte, wuchs die Kugel schlagartig auf die Größe eines gewaltigen Felsens heran. Gezielt lies der Schamane sie mithilfe seines Zaubers über dem Schiff schweben und dann darauf fallen.

»Goblintöter!«

»Ja.«

Goblin Slayer und der Echsenmensch rannten, so schnell sie es konnten, über das Deck und sprangen von Bord in Richtung Sicherheit. Während die beiden sich noch in der Luft befanden, krachte der Felsen auf das Schiff und riss es in Stücke. Die Goblins, die nicht bereits durch den Aufprall des Felsens tot waren, ertranken aufgrund der Schwere ihrer Rüstungen, und Goblin Slayer sah ihnen in Seelenruhe dabei zu. Der Rest der Gruppe schwieg, während sich neben dem Geruch von Abfall auch der Geruch von Blut in der Luft breitmachte.

»Und was jetzt?«, fragte die Elfe.

»Jetzt mach mal halblang.« Der Zwerg war sichtlich erschöpft und belohnte sich für die gewonnene Schlacht mit einem ordentlichen Schluck Brandwein. »Ich bin zu alt für den Scheiß.«

Die Priesterin schien ähnlich außer Atem wie der Zwerg, denn sie setzte sich auf den Boden und fragte: »Können wir … uns kurz ausruhen?«

»Nein. Wir sollten schnellstmöglich weiter«, antwortete Goblin Slayer, der sich mit dem Echsenmenschen wieder zu ihnen gesellt hatte. Erstaunlicherweise schien er überhaupt nicht erschöpft.

»Ich bin der gleichen Meinung«, stimmte der Echsenmensch zu. »Wir waren ziemlich laut, und auch wenn das starke Rauschen des Regens die Kampfgeräusche verdeckt haben mag, will ich keine Risiken eingehen.«

Plötzlich hörte die Elfe ein leises Platschen im Wasser. Nervös richtete sie den Blick auf den Kanal und sagte zu ihren Kameraden: »Ich will nicht dem Tod durch Goblins entkommen sein, um dann von etwas Größerem erlegt zu werden.«

Als hätte sie mit ihrer Aussage etwas beschworen, begannen sich Wellen auf dem Abwasser des Kanals zu bilden, und im nächsten Augenblick schoss das schreckliche Maul einer Bestie hervor.

»AAAAAARRRIGGGGGG!!!!«

Die Gruppe entschloss sich sofort zu einem taktischen Rückzug. Die Elfe und der Echsenmensch übernahmen die Führung und führten – der Dunkelheit der Tunnel trotzend – ihre Kameraden schnell an allen Hindernissen vorbei. Der Zwerg und die Priesterin eilten ihnen so schnell hinterher, wie ihre erschöpften Körper es zuließen. Goblin Slayer bildete die Nachhut und hielt Ausschau nach dem Monster, das eben aus dem Wasser geschossen war.

»Das war kein Goblin, oder?«, fragte Goblin Slayer mit ernster Stimme.

»Natürlich nicht! Du hast es doch gesehen!«, antwortete die Elfe wütend.

Es war ein Monster, das Alligator genannt wurde. Es war eine am Boden kriechende Bestie mit einem unheimlich langen Maul, das einen Menschen ohne Probleme entzweireißen konnte. Der lange Schwanz erlaubte dem Monster, sich furchtbar schnell durch das Abwasser zu bewegen.

»Hey, Schuppiger …! Ist das ein … Verwandter von dir?! Mach doch irgendwas!«, rief der Zwerg völlig außer Atem.

»Ich bin zu weit von meiner Heimat entfernt, um Kontakt mit meinen Verwandten aufzunehmen.«

»Das geht … aber nicht! Man sollte ab und … an mal nach Hause!«

»Wie gesagt, mein Zuhause ist sehr weit von hier weg!«

Fauchend wischte der Echsenmensch mit einem Schlag seines Schwanzes die Beine des Zwergs weg.

»Hngh?!«

Die kurzen Stummelbeine des Schamanen flogen in die Luft, aber anstatt auf den Boden zu schlagen, fühlte er, wie sich ein schuppiger Arm um seine Hüfte legte und ihn in der Luft hielt. Der Echsenmensch trug ihn jetzt, aber dieser wurde unter dem Gewicht seines Kameraden erstaunlicherweise keinen Schritt langsamer.

»Oho! Das ist eine großartige Art zu reisen!«

»Nebenbei, bitte vergleiche meine Verwandten nicht mit so einen Wurm, werter Zwerg.«

»W... Woher mag die Bestie wohl gekommen sein?«, fragte die Priesterin. Sie war am Ende ihrer Kräfte. Wunder zu wirken war eine starke Belastung für Geist und Seele und nicht weniger erschöpfend als der direkte Nahkampf. Mit jedem Meter wurden ihre Schritte unsicherer und sie drohte zu stürzen.

Goblin Slayer bemerkte das und schnalzte mit der Zunge. Er packte sie bei der Hüfte und hob sie hoch, um sie fortan zu tragen.

»Uwah?!«, schrie die Priesterin erschrocken und zappelte mit den Beinen.

»Versuch deine Atmung zu kontrollieren«, befahl der Krieger ihr nüchtern.

»Al... Alles gut. Ich muss nicht getragen werden ...«

»Hör auf zu zappeln, sonst lass ich dich fallen.«

»Ngh ...«

»Spar dir die Energie. Vielleicht musst du noch ein Wunder wirken.«

»Ja ...«

»Wir sollten uns möglichst weit vom Kanal entfernen, oder?«

Obwohl er den Zwerg unter einem Arm trug, griff der Echsenmensch mit der freien Hand in seine Tasche und zog die Karte der Kanalisation heraus, um zu kontrollieren, ob sie auf dem richtigen Weg waren.

»Ich hab's! Wir verfüttern den dicken Zwerg an die Bestie und laufen währenddessen weg!«, rief die Elfe. »Der verdirbt dem Vieh bestimmt den Magen!«

»Halt die Klappe!«

»Ähm ... Da kommt noch etwas!«

©Noboru Kannatuki

Während die Elfe und der Zwerg sich ankeiften, zeigte die Priesterin mit ihrem Stab auf etwas in der Dunkelheit. Die Elfe stellte die Ohren auf und lauschte in die Richtung, wohin die Priesterin gezeigt hatte.

Es klang wieder, als würde etwas den Kanal herunterschwimmen. Dazu ertönte ein sich ständig wiederholendes Geräusch von einem Objekt, das auf Wasser schlug.

»Ich höre Ruder! Das müssen mehrere Goblin-Schiffe sein!«

Die letzte Begegnung saß den Abenteurern noch tief in den Knochen, und jetzt kam nicht nur ein einziges, sondern gleich eine Gruppe von Goblin-Schiffen auf sie zu.

»Wa… Was machen wir?« Mit bebenden Augen sah die Priesterin zu Goblin Slayer auf, der schweigend das Licht seiner Laterne löschte. Dann wandte er sich an den Echsenmenschen: »Gibt es hier eine Abzweigung?«

»Ja, davon hat diese Kanalisation mehr als genug.«

»Ich gehe davon aus, dass du dich nicht zurückziehen willst, oder? Aber kein Gift oder Feuer …«

»Ja, ja«, entgegnete Goblin Slayer der Elfe ruhig, »aber ich brauch deine Hilfe.«

*

Unter Aufwand all ihrer Kräfte versuchten die Goblins ihr Kriegsschiff – wenn man es so nennen wollte – zu beschleunigen. Ihr Schamane schrie kreischende Befehle und wedelte mit seinem Stab.

Die Kampfgeräusche waren schon vor einiger Zeit verstummt und wahrscheinlich waren ihre Artgenossen längst tot, aber das störte sie nicht. Wichtig war nur, dass die Abenteurer erschöpft und damit leichte Beute waren. Diese Chance durften sie sich nicht entgehen lassen.

Die Goblins fühlten sich wohl in diesem Nest. Es war schön feucht und warm und ideal für Überfälle auf Abenteurer geeignet. Nur der derzeitige Regen störte sie ein wenig. Doch er würde sie nicht daran hindern, endlich wieder ein paar Abenteurer zu quälen. Es kam ihnen bereits so vor, als wäre es ewig her, dass ihnen die letzten in die Falle gelaufen waren. Sie hatten schon darüber gemutmaßt, ob unter ihren neuen Opfern eine Elfe oder ein weiblicher Mensch war, und sie konnten es gar nicht erwarten, diese in ihre schmierigen Finger zu kriegen.

Während die Ruderer des Schiffs ein schräges Goblin-Lied sangen, dachten die Kämpfer an Bord bereits über die folgende Siegesfeier nach. Sie waren sich sicher, dass sie nicht verlieren würden. Schließlich waren sie mit drei Goblin-Schiffen voller Kämpfer unterwegs.

Der Goblin-Schamane erkannte ein Licht in der Dunkelheit. Es schaukelte hin und her und war zweifelsohne eine Laterne der Abenteurer. Es war lächerlich, aber einfache Menschen konnten in der Dunkelheit überhaupt nichts sehen.

Als sie schließlich dem Licht nähergekommen waren, erkannte der Schamane, dass es sich unter Wasser befand und weit und breit kein Abenteurer zu sehen war.

»ORAGARA!«

Schimpfend befahl er einem Goblin, mit seinem Ruder gegen das Licht zu stoßen. Der Goblin hatte Pech denn …

»ORAGA?!«

… der Alligator schnappte mit seinem Maul aus dem Wasser und riss ihm den Kopf ab.

»GORARARARAB!!«

»GORRRB! GROAB!!«

Während einige Goblins vor Panik von Bord sprangen, versuchten andere sich der Bestie entgegenzustellen, aber es war sinnlos. Der Alligator zerriss einen Goblin nach dem anderen. Der Schamane hob wutentbrannt seinen Stab und sprach einen Zauber …

*

»Fast schon praktisch, dass es so viele von ihnen waren«, kommentierte der Echsenmensch das ganze Geschehen, das er mit seinen Kameraden aus einem der Nebentunnel beobachtete.

Die Priesterin hatte das Wunder Heiliges Licht auf den Schwanz des Alligators gewirkt, um die Goblins dazu zu bewegen, eben jenen anzugreifen und so zu reizen. Die Idee zu dieser Strategie war natürlich von Goblin Slayer gekommen.

»Irgendwie fühlt sich das Ganze heute fast wie ein richtiges Abenteuer an!« Die Elfe freute sich sichtlich darüber, dass der Plan erfolgreich war, und ihre Ohren wippten leicht auf und ab. »Dass die Goblins auf das Licht am Schwanz des Alligators reingefallen sind, zeugt wirklich von ihrer Dummheit.«

»Sie denken halt, dass Abenteurer immer mit einem Licht unterwegs sind«, sagte Goblin Slayer, während er weiterhin den Kampf im Kanal beobachtete.

»Ach, wirklich?«

»Ja, ich dachte, dass wäre allgemein bekannt. Mich wundert allerdings, dass sie etwas gebaut haben. Eigentlich stehlen sie so ziemlich alle Gegenstände, die sie benutzen. Das soll aber nicht heißen, dass sie nichts lernen können. Wenn man es ihnen beibringt, können sie bestimmt auch lernen, wie man Schiffe baut.«

»Wieso glaubst du das?«, fragte die Elfe.

»Ich habe sie lange beobachtet und untersucht. Damit sie nicht aus ihren Erfahrungen lernen können, muss man immer sicher gehen und alle Bewohner eines Nests töten.«

Der Zwerg stand an einer Wand und strich sich nachdenklich durch den Bart. »Bartschneider, willst du damit sagen, dass jemand ihnen beigebracht hat, wie man Schiffe baut?«

»Ja.«

»Aber so etwas könnte doch auch einem Schamanen eingefallen sein«, meinte die Priesterin.

»Vielleicht, aber was ist mit dem … Wie heißt der?«

»Meinst du den Alligator?«

»Genau. Warum wissen sie nicht, dass es ihn gibt? Wenn sie von ihm wüssten, würden sie keine Schiffe bauen. Sie sind schließlich Feiglinge.«

»Worauf willst du hinaus, werter Goblintöter?«, fragte der Echsenmensch.

»Jemand hat die Goblins hierhergebracht.«

Die Gruppe wartete, bis keine Kampfgeräusche mehr zu hören waren, und zog sich dann für heute zurück. Die Zauber waren aufgebracht, alle Pfeile verschossen und keine Energiereserven mehr vorhanden. Schweigend erreichten sie nach einer Weile die Leiter, die sie zurück an die Oberfläche brachte. Gänzlich durchnässt schaute die Priesterin in den Himmel und sagte: »Es sieht nicht aus, als würde dieser Regen bald enden.«

»Na dann. Lasst uns zuerst über den Dämonenfürsten reden, der vor Kurzem besiegt wurde.«

»Ja, es scheint, als wären Überbleibsel seiner Anhänger noch aktiv, aber die Weisen haben bereits mit Nachforschungen begonnen. Während wir auf Meldung von ihnen warten, kontaktiert bitte die Fürsten und sagt ihnen, dass sie die Heldin, wenn nötig, unterstützen sollen.«

»Kommen wir zum nächsten Punkt … Was? Der Preis von Heiltränken steigt?«

»Ach ja … Mehr Monsteraktivität bedeutet mehr Verletzte, was wiederum den Bedarf von Heiltränken erhöht. Dass dieser nicht gedeckt werden kann, ist allerdings ein Problem …«

»Uns bleibt wohl nichts anderes übrig … Öffnet den königlichen Forst für Angestellte der Heilanstalten und für Medizinhersteller mit besonderen Aufträgen. Die Erntelimitierungen werden allerdings nicht aufgehoben. Passt auf, dass keine Schwindler und Plünderer hereinkommen. Greift hart durch, wenn nötig.«

»Als Nächstes wäre der regelmäßige Bericht der Gilde an der Reihe, aber jetzt alles durchzugehen, würde zu lange dauern. Minister, bitte geh ihn durch und achte dabei genau auf alles, was hochrangige Abenteurer betrifft. Vielleicht finden wir so etwas über die Ziele der restlichen Anhänger des Dämonenfürsten heraus.«

»Lasst uns über das Bündnis mit den Elfen, Zwergen und Echsenmenschen sprechen. Der Austausch mit diesen Halbmen…

Ah, entschuldigt. Wie unhöflich. Der Austausch mit diesen anderen Völkern erweist sich als problematisch. Es ist nicht so, als könnten wir ihnen nicht vertrauen, aber die kulturellen Unterschiede könnten zu großen Problemen führen, wenn wir ihnen erlauben, frei auf unserem Territorium zu agieren. Wir werden ihnen weiterhin freundlich entgegenkommen, müssen aber wachsam bleiben.«

»Wie steht es eigentlich mit der Versorgung unserer Truppen? Wurden die Versorgungseinheiten mittlerweile aufgestellt? Egal, ob es sich um Bauern oder Adelige handelt, keiner unserer Soldaten soll Nahrung und ein warmes Bettlager missen.«

»Ach, was ist das? Ein Schreiben von der Jungfrau des Schwertes? Meine Güte … Sie ersucht uns um Hilfe bei einer Goblin-Plage. Wir haben aber nicht genügend Truppen, die wir jedes Mal aussenden könnten, wenn diese nervigen Bestien angreifen. Wir haben größere Probleme. Sie wird schon eine eigene Lösung für dieses Problem finden, oder?«

»Gut. Dann hätten wir über alles gesprochen. Bitte führt meine Anweisungen aus …«

»Was? Ein Bericht von den Weisen? Gib her. Hm … Anscheinend haben sie bereits eine Gruppe von ehemaligen Anhängern des Dämonenfürsten entdeckt. Sehr gut. Schickt die Abenteurerin auf Platin-Rang, die Heldin, sie soll sich darum kümmern.«

Kapitel 4
Von Abenteurer zu Abenteurer

»Hach …« Als ihr Körper vom warmen Dampf umhüllt wurde, grinste die Priesterin zufrieden. Sie befand sich in einer großen Halle aus Marmor, in der süßlicher Wasserdampf durch die Luft tanzte. In der Mitte stand eine wunderschöne Statue der Gottheit des Bads, und in die überall im Raum verteilten Wasserbottiche lief aus Wasserhähnen in Form von Löwen durchgängig warmes Wasser.

Für die Priesterin hatte es fast etwas Verschwenderisches an sich. In dem Tempel der Erdmutter, in dem sie aufgewachsen war, predigte man Bescheidenheit: Es kam nur selten vor, dass man sich mit warmem Wasser waschen konnte. Doch hier im Tempel des Rechts war alles anders.

Die Priesterin befand sich gerade im Dampfbad des Tempels, das als das größte des Grenzlandes bekannt war. Da der erhabene Gott forderte, dass Menschen sein Urteil gereinigt empfingen, bekamen sie hier die Möglichkeit, sich von ihrem Schmutz zu befreien.

»Nur heute lasse ich es mir mal gut gehen«, sagte die Priesterin ihr eigenes Verhalten entschuldigend und schlug mit einer Hand das Zeichen der Erdmutter. Ihr zierlicher Körper war von nichts weiter als einem Handtuch bedeckt und ihre nackte Haut wirkte fast durchsichtig weiß.

Es war spät in der Nacht und die Priesterin war allein, weshalb sie ohne jede Scheu in die Mitte des Raums ging. Sie nahm sich eine Kelle und schöpfte etwas Wasser aus einem der Bottiche.

»Oh, das …« Ihr stieg ein wohltuender Duft in die Nase. Jemand hatte Duftöl in die Wasserbottiche gegeben. Unwillkürlich musste sie an die modisch gekleideten Einwohner der Stadt und die Eifersucht denken, die sie bei deren Anblick verspürt hatte. »Nein, ich sollte das Bad genießen.«

Die Priesterin richtete den Blick auf die Steinstatue der Göttin. Um die Halle mit Wasserdampf zu füllen, wurde sie erhitzt und ständig mit Wasser übergossen, das sofort verdampfte. Die Gottheit des Bads war als nackte Frau dargestellt und die Priesterin hatte gehört, dass im Männerbad die Statue eines alten Mannes stehen sollte.

Angeblich war es die Aufgabe der Gottheit des Bads, die Badenden über ihr Schicksal zu informieren, aber sie besaß weder einen Tempel noch hatte sie feste Diener. Anders gesehen war aber vielleicht jedes Bad ihr Tempel und alle Badenden ihre Gläubigen.

Die Priesterin nickte zufrieden. Während ihr Körper vom Dampf eingehüllt wurde, ließ sie sich auf einen der Sitze aus Marmor nieder. Dann griff sie zu einem Objekt, das es in jedem Bad gab: ein Weißbirkenzweig. Sie begann sich leicht damit zu schlagen, und ihre durch die lange Erkundung der Kanalisation verspannten Muskeln entspannten sich.

Als die Priesterin mit dem Birkenzweig fertig war, leuchtete ihre Haut leicht rosa. Sie streckte sich entspannt auf ihrem Sitz und murmelte zu sich selbst: »Sie hätten mich ruhig begleiten können …«

Die Elfe hatte auf ihre Einladung energisch den Kopf geschüttelt und geantwortet: »In einem Raum mit Feuer und Wasser? Ich mag es nicht, wenn Naturgeister sich vermischen.«

Der Zwerg und der Echsenmensch hingegen meinten nur: »Bevor wir baden, gehen wir lieber einen heben.«

Goblin Slayer wollte natürlich auch nicht mitkommen und hatte nur gesagt: »Ich muss einen Brief aufgeben.«

Goblin Slayer ... Jetzt ... ist es schon ein halbes Jahr, oder?

Ohne seine Hilfe wäre sie damals wahrscheinlich in diesem Goblin-Nest gestorben. Die Erlebnisse jenes Tages verfolgten sie. Immer wieder musste sie daran denken, was die Goblins mit ihr angestellt hätten, wenn sie sie gefangen genommen hätten. Gleichermaßen dachte sie aber auch daran, was passiert wäre, wenn sie das Abenteuer erfolgreich abgeschlossen hätte.

Wo wäre sie dann jetzt? Wie wären dann die Erkundung der unterirdischen Ruinen und der Kampf mit dem Goblin-Lord verlaufen? Und hätten die Stadtbewohner und die anderen Abenteurer der Gilde sich mit Goblin Slayer angefreundet? Wäre er dann überhaupt noch am Leben?

Sie glaubte nicht, dass er ohne ihre Hilfe gestorben wäre, aber sicherlich hätte sie ihre jetzigen Kameraden nie kennengelernt, wenn ihr erstes Abenteuer geglückt wäre.

Sie strich sich über die Hüfte, wo er sie berührt hatte, als er sie in der Kanalisation getragen hatte. Verglichen mit seinen Armen hatte sie sich zerbrechlich angefühlt. Was war er eigentlich? Ein Held? Ein Rachedämon?

Wahrscheinlich keins von beidem ..., dachte sich die Priesterin und umklammerte ihre Knie. So langsam wurde ihr von der Hitze des Dampfbads etwas schwummerig, und unzählige Gedanken schossen ihr durch den Kopf. Es war beruhigend und beunruhigend zugleich. Sie fühlte sich ein wenig so, als wäre sie an einem freien Tag zu früh aufgewacht. Eigentlich könnte sie weiterschlafen, aber der Gedanke daran, dass sie etwas mit ihrer Zeit machen sollte, hielt sie wach. Sie musste etwas tun. Irgendetwas.

»Aber was nur?«

»Was plagt dich?«

»Hä?!«

Die Priesterin hatte träumend vor sich hingemurmelt, aber als ihr jemand mit sanfter Stimme antwortete, fuhr sie erschrocken hoch. Vor ihr stand eine Frau mit wohlgeformtem Körper.

»Hi hi hi … Du solltest aufpassen, sonst kippst du noch wegen der Hitze um.«

»E… Es tut mir leid. Ich war nur in Geda…«

Der Priesterin blieb die Zunge im Hals stecken, als sie bemerkte, dass die Jungfrau des Schwertes vor ihr stand.

»Ganz ruhig«, sagte diese und wippte leicht mit dem Kopf. »Es tut mir leid, dass ich dich erschreckt habe. Ich musste heute etwas länger arbeiten.«

Der Körper der Erzbischöfin wurde von nichts bedeckt, und sie bewegte sich mit einer Anmut, die selbst die Priesterin bezauberte. Ihre vom heißen Dampf benetzte Haut glitzerte im Licht, doch als sie nähertrat, erkannte die Priesterin die vielen Narben.

»Ähm … Sind das …?«, fragte sie zurückhaltend. Sie zogen sich über den gesamten Körper der Erzbischöfin. Es gab dickere, dünnere, längere und kürzere. Einigen von ihnen waren wie gerade Linien und andere formten seltsame Muster. Selbst an Stellen, an denen man sich normalerweise nicht verletzen würde, waren sie zu sehen. Da die Haut der Erzbischöfin leicht gerötet war, waren sie gut zu erkennen. Waren das etwa Tätowierungen? Nein, das konnte nicht sein.

»Ach, die hier?«, antwortete die Erzbischöfin und fuhr sich mit einer Fingerspitze über eine Narbe, die über den Oberarm verlief. Es hatte etwas Erotisches, wie sie sich mit dem Finger sanft über die Haut fuhr, weshalb die Priesterin verschämt zu Boden sah.

»Ich habe einen Fehler gemacht«, erklärte die Jungfrau des Schwertes mit einem liebevollen Lächeln. »Ich wurde von hinten überwältigt, aber das ist jetzt schon über zehn Jahre her.«

»Ah. Ähm. Also …« Die Priesterin ahnte woher die Wunden kamen und wusste nicht, was sie sagen sollte. »Geht es Ihnen denn besser?«

»Du bist wirklich lieb«, antwortete die Erzbischöfin leise, nachdem sie kurz innegehalten hatte. »Wenn ich es erzähle, sagen die meisten Menschen nur, dass es ihnen leidtut.«

»Aber … Ähm … so was …«

Die Priesterin war verwirrt, dass die Erzbischöfin sich so über ihre Nachfrage freute. Sie hatte es doch nur gesagt, weil sie nicht wusste, was sie hätte anderes sagen sollen.

Die Jungfrau des Schwertes griff sich einen der Weißbirkenzweige und peitschte ihn mit schwingenden Bewegungen gegen ihren Körper. Immer wieder entglitt ihr dabei ein »Mhm« über die Lippen.

Die Priesterin versuchte die Augen abzuwenden, aber erwischte sich immer wieder dabei, wie sie in ihre Richtung schielte.

Als die Jungfrau des Schwertes dies bemerkte, näherte sie sich der Priesterin und flüsterte: »Mit diesen Augen habe ich vieles … wirklich vieles gesehen. Dinge, die deine wildesten Vorstellungen übersteigen.«

»Ah …« Der Atem der Erzbischöfin traf auf ihre Haut und die Priesterin stöhnte kurz auf. Dies ignorierend stand die Jungfrau des Schwertes auf und zog sich in eine andere Ecke des Raums zurück. Sie hüllte sich in die Dampfwolken ein, und ihr goldenes Haar war nur noch als wabernder Schatten zu erkennen.

»Dieser Mann namens Goblin Slayer … Er ist wirklich verlässlich, oder?«

»Ah … Ähm, ja. Das stimmt«, antwortete die Priesterin lächelnd.

Auch die Jungfrau des Schwertes setzte ein Lächeln auf, aber die Priesterin hatte das Gefühl, dass irgendetwas damit nicht stimmte.

»Ich bin froh, dass die Suche erfolgreich voranschreitet. Aber sicher wird auch er irgendwann verschwinden.«

Der nüchterne Tonfall der Erzbischöfin verwirrte die Priesterin und sie spürte, wie diese sie mit Blicken durchbohrte. Es war, als würde sie direkt in ihre Seele schauen …

»Ä… Ähm … I… Ich …«, setzte sie stammelnd zu einer Antwort an, doch die Erzbischöfin unterbrach sie. »Geh lieber, bevor du umkippst.«

Die Priesterin nickte verlegen und stand auf. Hastig verließ sie das Bad.

Nachdem sie sich abgetrocknet und umgezogen hatte, ging sie nun einen Gang des Tempels hinunter. Obwohl es Sommer war,

©Noboru Kannatuki

waren die Nächte immer noch sehr kühl, weshalb die Priesterin zitternd ihre Schultern umklammerte. Sie blieb bei einem Fenster stehen und starrte in den Nachthimmel.

Sie weiß ... Diese Frau weiß etwas über die Goblins!

Plötzlich überkam sie ein fürchterliches Gefühl, dass sie noch stärker zittern ließ als die Kälte.

*

War es hier?

Die Elfe hatte mit Goblin Slayer abgemacht, dass sie sich in der Gilde treffen würden. Das Gebäude der Gilde in der Stadt des Wassers war größer als das der Stadt im Grenzgebiet, aber immer noch wesentlich kleiner als der Tempel des Rechts. Obwohl es dieselben Ämter und Händler wie die meisten Gildengebäude enthielt, ähnelte es von außen eher einer Bank. Oder zumindest dem, was sich die Elfe unter einer Bank vorstellte.

»Hey, schaut. Eine Hochelfe.«

»Echt? Ich hab noch nie eine gesehen.«

»Wow! Eine echte Schönheit!«

Obwohl sie vor einiger Zeit schon einmal hier gewesen war, schauten die Leute sie an, als wäre sie ein seltener Schatz. Ungeniert sagten sie alles, was ihnen gerade durch den Kopf ging, und durchbohrten sie mit Blicken.

Die Elfe zog die Augenbrauen hoch. Früher hatte sie solch ein Verhalten nicht gestört, aber mittlerweile war sie an die warme und freundliche Atmosphäre der Stadt des Grenzlandes gewöhnt.

Vielleicht lag es einfach nur daran, dass die Stadt größer war und deswegen hier mehr Abenteurer waren. Doch das Grenzland, in dem noch Land erschlossen und urbar gemacht wurde, gefiel ihr besser.

»Ähm, Orcbolg ... Ach, da ist er ja.«

Mit dem billigen Eisenhelm und der dreckigen Lederrüstung war er leicht zu erkennen. Goblin Slayer saß mit verschränkten Armen auf einer Bank in der Ecke des Raums.

Selbst in anderen Städten ist er an den gleichen Orten, dachte sich die Elfe und musste grinsen. Während sie auf Goblin Slayer zulief, hörte sie, wie sich eine Gruppe Abenteurer flüsternd über ihn lustig machte. Sie dachten wahrscheinlich, dass niemand sie hören könnte, aber da hatten sie die Rechnung ohne das ausgezeichnete Gehör einer Elfe gemacht.

»Was für eine dreckige Ausrüstung!«

»Wo kommt der Streuner denn her? So einer hat uns noch gefehlt. Der macht uns noch den Ruf unserer Stadt kaputt.«

Die Elfe warf ihnen einen missbilligenden Blick zu und schnaufte durch die Nase. Das alles gefiel ihr nicht. Obwohl ihre Schritte normalerweise nie zu hören waren, stapfte sie jetzt lautstark durch den Saal.

»Danke fürs Warten, Orcbolg«, sagte sie mit freudiger Stimme und schmiss sich neben ihn auf die Bank. Für andere mochte es so ausgesehen haben, als würde sie sich an ihn schmiegen wollen, und wie von der Elfe geplant, begannen die lästernden Abenteurer aufgeregt miteinander zu tuscheln. Sie setzte ein Siegeslächeln auf. »Sorry, dass ich zu spät bin! Ich habe verschlafen. Hast du den Brief abgeschickt?«

»Ja«, erwiderte Goblin Slayer. Er schien nicht sauer über die Verspätung der Elfe zu sein und reichte ihr einen Beleg für seinen Auftrag. »Abenteurer sind in die Richtung gezogen, ich habe ihnen den Brief als Auftrag mitgegeben.«

Obwohl es Postkutschen im Grenzgebiet gab, konnte man auch Abenteurer damit beauftragen, Briefe und Pakete zu überbringen. Dies war meistens die bessere Option, wenn man es eilig hatte – oder sogar die einzige, wenn man etwas an Orte liefern wollte, zu denen die Postkutschen gar nicht erst fuhren. Die Gilde versicherte einem die aufgegebenen Lieferungen, was dazu führte, dass selten etwas verloren oder gestohlen wurde.

»Ich habe noch nie einen Brief geschrieben«, murmelte die Elfe, während sie sich den Beleg anschaute. »Was schreibt man denn da so? Dass es einem gut geht?«

»Ja, so in der Art.«

Sie verstand, an wen Goblin Slayers Brief gerichtet war. Es musste das Mädchen von dem Bauernhof gewesen sein. Grinsend gab sie ihm den Beleg zurück.

»Schön, dass du rücksichtsvoller wirst, Orcbolg.«

»Ach, ja?«

»Ja.«

»Ist das so?«

Obwohl sie einfach entschlossen hatte, dass sie recht mit ihrer Annahme lag, bewegte sie vergnügt die Ohren auf und ab.

»Okay«, sagte die Elfe und sprang mit wehendem Haar von der Bank auf. »Lass uns einkaufen gehen, Orcbolg. Du brauchst Waffen, oder?«

»Ja«, antwortete Goblin Slayer und stand ebenfalls auf. Er klopfte sich leicht auf die Hüfte. Normalerweise hingen dort sein Kurzschwert und andere Waffen, die er erbeutet hatte, aber da er bei der Erkundung der Kanalisation all seine Waffen nach Goblins geworfen hatte, war sein Gürtel gerade leer. »Mit nur einem Dolch werde ich nicht weit kommen. Und du willst dir neue Kleidung besorgen?«

»Ja. Der Gestank der Kanalisation will nicht mehr aus meinen Klamotten raus. Nur die Sache mit den Goblin-Eingeweiden war noch schlimmer«, erwiderte die Elfe mit zugekniffenen Augen.

»Hm«, brummte er leicht. »Soll ich mich entschuldigen?«

»Ist schon gut.« Die Elfe winkte leicht ab. »Wenn du dich entschuldigst, kann ich dich nicht mehr damit aufziehen.«

»Ist das so?«

Die Stimmung in der Gilde hatte sich in der Zwischenzeit nicht verändert, und noch immer starrten alle Goblin Slayer und die Elfe an. Sie schienen verwirrt darüber, dass so eine Schönheit sich mit so einem dreckigen Abenteurer abgab. Vielleicht war auch ein wenig Neid dabei.

»Eins beschäftigt mich in dieser Stadt«, sagte Goblin Slayer. »Trotz der großen Kanalisation gibt es hier keine Aufträge, Riesenratten zu beseitigen.«

Die Elfe richtete den Blick auf die Anschlagtafel.

»Ja … Du hast recht.«

Die Elfe merkte die herablassenden Blicke der Abenteurer und auch wenn sie es nicht aussprachen, wusste sie, was sie dachten.

Was für ein Dorftrampel.

Natürlich gibt es so etwas nicht in unserer schönen Stadt.

Die Elfe schnaubte einmal kurz und richtete den Blick wieder auf Goblin Slayer.

»Los, wir gehen.«

Mit einem Grinsen griff sie Goblin Slayer bei der Hand und zog ihn hinter sich her.

»Was ich mich schon länger gefragt habe«, sagte die Elfe, nachdem die beiden das Gildengebäude verlassen hatten.

»Was denn?«

»Wozu braucht man überhaupt Unterwäsche? Ich versteh das nicht.«

Goblin Slayer seufzte tief und versuchte seine Hand aus ihrem Griff zu lösen.

»Frag mich nicht so was.«

Die Hochelfe ließ jedoch nicht los.

»Und, Orcbolg? Brauchst du nur ein Schwert?«

»Nein, auch andere Dinge.«

»Hm …«

Die Elfe erinnerte sich an die vielen aufregenden Dinge in Goblin Slayers Tasche: Bei dem Gedanken daran, was er heute alles kaufen könnte, setzte sich ein strahlendes Lächeln auf ihr Gesicht.

»Sag schon. Was kaufst du denn?«

Kapitel 5

Auf dem Weg zum Tod

»Und wofür ist der jetzt?«, fragte die Elfe Goblin Slayer, die Hände in die Hüften gestemmt. Die Gruppe war wieder in die Kanalisation hinabgestiegen, um ihre Erkundung fortzusetzen. Am Gürtel des Kriegers hing neben einem Schwert mittlerer Länge ein kleiner Käfig. In diesem befand sich ein kleiner grüngelber Vogel, der leise vor sich hin zwitscherte. Sein lieblich heller Gesang bildete einen starken Kontrast zu der dreckigen und dunklen Kanalisation.

»Hm? Kennst du etwa keine Vögel?«, fragte Goblin Slayer sichtlich verwirrt.

»Natürlich kenne ich sie.«

»Ja, und das hier ist ein Kanarienvogel.«

»Das sehe ich.«

Während die Elfe genervt die Ohren aufstellte, gab der Zwerg sein Bestes, um nicht laut loszulachen.

»Du bist schon seit gestern Abend so. Du hörst echt nicht mit dem Fragen auf, was?«

»Warum ein Vogel auf einem Abenteuer? Ist das ein besonders gefährlicher Vogel?« Die Elfe konnte ihre Neugier einfach nicht bändigen. Anstatt sich auf das Erkunden des Tunnels zu konzentrieren, schielte sie immer wieder auf den Käfig an Goblin Slayers Gürtel. »Dürfte ich ihn denn berühren, oder komme ich dann in Probleme wie bei der Schriftrolle?«

»Glaubst du wirklich, dass ein Kanarienvogel jemanden töten könnte?«, fragte der Krieger in nüchternem Ton.

Der Zwerg konnte sich nicht mehr zurückhalten und begann lautstark zu lachen. Die Priesterin wusste, dass die beiden sich streiten würden, wenn es so weiterginge, und entschloss sich dazu, etwas zu sagen: »Goblin Slayer, sie meinte das anders …«

»Wie denn?«, erwiderte er und drehte sich zu ihr um.

Sein kalter Blick ließ die Priesterin kurz innehalten. Nach der gestrigen Unterhaltung mit der Erzbischöfin hatte sie die ganze Nacht nicht schlafen können. Der Inhalt der Unterhaltung beschäftigte sie, aber sie wusste auch nicht, ob sie zu viel hineininterpretierte. Als die Gruppe heute Morgen gemeinsam gefrühstückt hatte, war die Jungfrau des Schwertes vorbeigekommen, hatte sich aber nichts von ihrem Verhalten des Vortags anmerken lassen.

Die Priesterin fasste den Entschluss, dass sie etwas falsch verstanden hatte. Sie konnte es sich nicht anders erklären.

»Ist irgendwas?«, fragte Goblin Slayer, der immer noch auf eine Antwort von ihr wartete.

»Äh, nein … Die Elfe will bestimmt einfach nur wissen, warum du einen Kanarienvogel dabeihast. Er ist niedlich, aber dient doch bestimmt einem weiteren Zweck.«

»Kanarienvögel können selbst kleinste Mengen Gift wahrnehmen.«

»Gift?«

»Da die Goblins hier wissen, wie man Schiffe baut, kann ihnen auch jemand beigebracht haben, wie man Fallen legt.«

»Ach ja … Menschliche Bergarbeiter sollen immer Vögel dabeihaben, die sie vor giftigen Gasen warnen«, stimmte der

Zwerg dem Krieger zu, während er in seiner Tasche wühlte. »Mein Volk hingegen hat eher Angst vor Drachen, die plötzlich auftauchen und uns unsere Schätze rauben.«

»Ist das so?« Die Elfe grinste frech, während sie um eine Ecke spähte und den anderen zuwinkte. »Ich hab gehört, dass Zwergenreiche bereits untergegangen sind, weil sie Dämonen ausgegraben haben.«

»Ja, das passiert ab und an mal ...«, antwortete der Zwerg leicht bedröppelt.

Es war nicht unüblich, dass Reiche untergingen oder neu entstanden. Kriege, das Auftauchen von mächtigen Dämonen oder Naturkatastrophen waren nur einige der vielen Ursachen, die zu solchen Ereignissen führen konnten.

»Ich verstehe«, sagte der Echsenmensch, während er mit dem Schwanz wedelte. »Woher hast du all dieses Wissen, werter Goblintöter?«

»Von einem Bergarbeiter. Es gibt viele, die Dinge wissen, die ich nicht weiß.«

Eine Zeit lang stand die Abenteurergruppe vor einer eingestürzten Steinbrücke, die es einst ermöglicht hatte, den vor ihnen liegenden Dreckwasserkanal zu überqueren. Die Elfe streckte eine Hand aus und stellte den Daumen auf, um die Breite des Kanals schätzen zu können.

»Ich glaube, dass ich über den Kanal springen könnte«, sagte sie, nachdem sie kurz nachgedacht hatte.

»Wie sieht es mit anderen Wegen aus?«, fragte Goblin Slayer.

»Mal schauen ...«

Raschelnd breitete der Echsenmensch die alte Karte der Kanalisation aus. Der Mönch hatte sie im Laufe ihrer Erkundungen um allerlei Informationen erweitert. Behutsam führte er eine Kralle über alle Kanäle und Tunnel, bis er schließlich den Kopf schüttelte.

»Da ich nicht sagen kann, wie es um die anderen Brücken steht, würde ich uns raten, den Kanal hier zu überqueren.«

»Das macht wenig Hoffnung«, kommentierte der Zwerg die Aussage seines schuppigen Kameraden und beugte sich leicht über den Rand der kaputten Brücke.

»Bitte fall nicht runter«, sagte die Elfe und hielt ihn am Gürtel fest.

»Danke … Hm? Ihr Alter und verschiedene Überflutungen scheinen zu ihrem Einsturz geführt zu haben. Das ist nicht erst gestern passiert. Bei den anderen Brücken in dieser Gegend wird es nicht besser sein.«

Als würde der Zwerg seine Aussage unterstreichen wollen, nahm er sich einen Steinbrocken, der ursprünglich ein Teil der Brücke gewesen war, und zerdrückte ihn mit Leichtigkeit in einer Hand.

»Dann springen wir«, entschied Goblin Slayer. »Einer springt zuerst und macht drüben ein Seil fest. Dann kommt der Rest.«

»I… Ich habe ein Seil dabei«, sagte die Priesterin und holte ein Seil mit Haken aus ihrer Tasche hervor. Passend zu ihrem Charakter war es perfekt zusammengelegt, allerdings zeigte es auch keine Gebrauchsspuren, was man als Zeichen für ihre mangelnde Abenteuererfahrung sehen konnte.

»Ach, ist das aus deinem Abenteurerset? Da kommen Erinnerungen hoch …«, meinte die Elfe.

Ein Seil mit Haken, mehrere Keile, ein Hammer und eine Zunderbüchse. Dazu eine kleine Tasche, ein Wasserbeutel, Geschirr, Kreide, ein Messer und viele weitere Kleinigkeiten. Das Abenteurerset war ein Ausrüstungspaket für neue Abenteurer, und es war lange her, dass die Elfe ihres gekauft hatte.

»Außer dem Seil mit Haken braucht man den Rest eher weniger.«

»Aber heißt es nicht, dass man ohne diese Dinge niemals auf ein Abenteuer gehen sollte?«

Die Elfe schnaufte kurz und griff sich die hakenlose Seite des Seils. Dann machte sie ein zwei Schritte zurück, lief wie ein kleines Rehkitz los und sprang über den Kanal auf die andere Seite der zerstörten Brücke. Dort wickelte sie ihre Seite des Seils um einen Pfeil und verkeilte ihn in einer Spalte zwischen zwei Bodenplatten.

»Aber sag mal, Orcobolg. Das mit der Portal-Schriftrolle hast du auch von jemandem gelernt?«

»Ich hatte davon gehört, dass eine Gruppe Abenteurer von Wasser zerquetscht wurde, als sie ein Portal zu einer versunkenen Ruine öffneten.«

Auf Zeichen der Elfe schnappte sich Goblin Slayer die andere Seite des Seils und sprang. Mit einem dumpfen Geräusch landete der Krieger auf der anderen Seite.

»Wie bitte? Und dann hast du sie eingesetzt? Dir ist wohl jedes Mittel gegen Goblins recht.«

»Selbstverständlich«, sagte Goblin Slayer nüchtern und drückte der Elfe das Seil in die Hand, damit sie es der Priesterin zuwarf.

»Und schaffst du den Sprung?«, fragte der Zwerg die Priesterin besorgt. »Ich werde mir vom Schuppigen helfen lassen ...«

»Äh, ja. Ich spring dann mal.«

Aufgeregt nahm die Priesterin einige Schritte Anlauf, lief los und sprang.

Er legt Fallen.

Er tötet ohne zu zögern Kinder.

Er ist clever und gnadenlos.

Damit ist er fast wie ein Goblin.

Aber sicher wird auch er irgendwann ...

Plötzlich schoss ihr wieder die Unterhaltung mit der Erzbischöfin durch den Kopf. Was hatte all das zu bedeuten?

*

Die Erkundung der Kanalisation verlief heute viel schneller als an den vorigen Tagen. Das lag zum einem daran, dass sie langsam den Aufbau der Kanalisation verstanden, und zum anderen daran, dass sie ihre Taktik geändert hatten.

Goblin Slayer hatte sich entschieden, ab sofort vorsichtiger vorzugehen und Begegnungen mit Goblins zu vermeiden. Deshalb bewegte sich die Gruppe so leise wie möglich und umging alle Goblin-Patrouillen, die sie erspähten.

»Es ist echt seltsam für dich, dass du Goblins laufen lässt, Orcbolg«, sagte die Elfe.

»Ich lasse sie nicht laufen«, erwiderte er, während er um eine Ecke lugte. »Aber erst müssen wir den Anführer erledigen. Der Rest kommt danach.«

»Wer steckt wohl dahinter? Ein Lord? Ein Oger?«, fragte die Priesterin unsicher.

Kopfschüttelnd antwortete Goblin Slayer: »Ich weiß es nicht.«

Da Goblins niedere Monster waren, dienten sie vielen verschiedenen Meistern: Dunkelelfen, hochrangigen Dämonen und manchmal sogar Drachen.

»Wir sollten jetzt noch nicht darüber nachdenken«, entgegnete der Echsenmensch, der gerade die Karte studierte. »Ich denke, dass wir noch weit davon entfernt sind, ihn aufzudecken.«

»Meinst du damit, dass wir noch viel tiefer in die Kanalisation eindringen müssen?«, fragte der Zwerg.

»Wir müssen stromaufwärts gehen«, sagte Goblin Slayer, der sich mittlerweile auch über die Karte beugte. Mit einem Finger zeigte er auf die Stelle, an der sie am vorherigen Tag auf die Goblin-Schiffe getroffen waren. »Sie kamen mit ihren Schiffen stromabwärts, weshalb zu erwarten ist, dass sie ein Lager stromaufwärts haben.«

Die Priesterin fragte besorgt: »Aber verlassen wir dann nicht das Gebiet, das die Karte abdeckt? Ist das in Ordnung?«

Auf der Karte, die sie erhalten hatten, war nur die Kanalisation der Stadt des Wassers abgebildet. Während der Erkundungen der Gruppe hatte sich jedoch herausgestellt, dass eben diese nur ein kleiner Teil eines gewaltigen unterirdischen Ruinensystems war.

»Wir werden es nicht übertreiben«, antwortete Goblin Slayer entschieden.

Die Priesterin wusste nicht, ob er das nur aus Rücksicht zu ihr gesagt hatte, aber trotzdem fühlte sie sich ein wenig erleichtert.

»Stromaufwärts geht es hier entlang.«

Ohne zu zögern, ging die Elfe los und der Rest der Gruppe folgte ihr. Als sie nach einiger Zeit den Rand des Gebiets erreicht hatten, das von der Karte dargestellt wurde, veränderte sich das Aussehen der Tunnel. Die Wände zierten jetzt Wandgemälde und das vorher dreckige Wasser war jetzt sauber. Dies war offensichtlich keine Kanalisation mehr.

»Hier sind Rußspuren«, sagte Goblin Slayer und zeigte auf eine Stelle an der Wand.

»Das heißt, dort waren Fackeln angebracht, oder?«, fragte die Elfe.

»Ja, aber vor langer Zeit. Goblins können im Dunkeln sehen und brauchen keine Fackeln.«

Der Echsenmensch strich mit der Hand über eines der Wandgemälde. Darauf waren Menschen, Elfen, Zwerge, Rhea, Echsenmenschen, Padfoots und viele weitere Völker abgebildet.

»Krieger und Soldaten?«, murmelte der Mönch, während er die dargestellten Wesen betrachtete. »Nein, sie tragen alle unterschiedliche Ausrüstung … Sind es Abenteurer?«

»Vor langer Zeit gab es in der Gegend heftige Kämpfe«, sagte der Zwerg und stellte sich neben den Echsenmenschen. Mit leicht zusammengekniffenen Augen untersuchte er das Gemälde genauer. Über die langen Jahre war es stark verwittert und wahrscheinlich würde eine Berührung schon reichen, um große Teile davon abblättern zu lassen. »Dieses Bild muss circa vier- oder fünfhundert Jahre alt sein.«

Die Priesterin schaute sich noch einmal genauer um. Ordentlich aufgebaute Durchgänge, Wandmalereien und sauberes, fließendes Wasser. Es musste ursprünglich ein Ort des Friedens gewesen sein. Sie hatte eine Idee.

»Kann es sein, dass wir hier in einem Mausoleum sind?«

Es musste eine Grabstätte für gefallene Kämpfer des Zeitalters der Götter sein. Die Priesterin kniete nieder und sprach ein Gebet.

Die Elfe stellte sich neben sie und zuckte mit den Schultern.

»Jetzt ist es nur noch ein Goblin-Nest.« Ihre traurigen Worte hallten leicht von den Wänden wider. Für Elfen, die mehrere Tausend Jahre lebten, war das Zeitalter der Götter noch nicht allzu lange her, aber der Gedanke, dass hier vielleicht Krieger begraben lagen, von denen ihre Eltern ihr erzählt hatten, versetzte sie in eine komische Stimmung. »Selbst die Tapfersten gehen am Ende unter, nicht wahr?«

»Das ist jetzt egal«, kommentierte Goblin Slayer das Verhalten der Elfe und der Priesterin. Nachdem er keine Goblin-Spuren in der Umgebung gefunden hatte, wollte er weiterziehen.

»Was soll das jetzt wieder?«, fragte die Elfe die Priesterin, die schulterzuckend antwortete: »Typisch Goblin Slayer …«

Die beiden standen auf und folgten dem Krieger. Auch der Echsenmensch und der Zwerg setzten sich wieder in Bewegung.

»Also wirklich, Bartschneider, die kleinen Biester rennen bestimmt weg, wenn sie dich sehen.«

»Das wäre ein Problem. Das macht es schwieriger, sie zu töten«, antwortete der Krieger, ohne sich umzudrehen.

Die Gruppe durchquerte ein steinernes Tor und betrat die Katakomben. Deren Aufbau war nicht weniger verwirrend als der der Kanalisation: Die vielen Treppen und Gänge verflochten sich zu einem komplexen Muster, in dem man sich leicht verlaufen konnte.

»Vielleicht wollten sie mit diesem Aufbau Monster verwirren und tollpatschige Krieger abschrecken«, mutmaßte der Zwerg. »Selbst für die Steinmetze meines Volkes wäre so ein komplexer Bau eine echte Herausforderung. Ich will mir gar nicht erst vorstellen, wie es sein muss, sich hier auf alle Ewigkeit zu verlaufen.«

»Dann wäre man für immer für den Kreislauf des Lebens verloren. Wie schrecklich ... Nun ja, aber jetzt, wo dieser Ort in die Hände der Goblins gefallen ist, ist er ein Hort des Chaos. Wir müssen wachsam bleiben«, sagte der Echsenmensch. Er zeichnete gerade auf einem Pergamentpapier eine rudimentäre Karte der Katakomben auf. »Eine genaue Karte dieser Katakomben zu erstellen würde bestimmt ewig dauern.«

»Wollen wir zuerst diesen Raum untersuchen?«, fragte die Priesterin und richtete den Blick auf eine gewaltige Tür.

Sie war aus tiefschwarzem Ebenholz und besaß schwere Metallbeschläge. Trotz der hohen Luftfeuchtigkeit zeigte sie keinerlei Fäulnis oder andere Schäden, was hieß, dass sie vor langer Zeit mit einer besonderen Art von Magie behandelt worden sein musste.

»Sie ist offen und es gibt auch wohl keine Fallen. Zumindest direkt an der Tür.« Die Elfe hatte die Tür genauer untersucht. »Es ist aber nicht mein Fachgebiet, daher kann ich es nicht garantieren.«

»Worauf wartet ihr dann? Lasst uns weiter«, sagte Goblin Slayer und trat die Tür mit roher Gewalt auf. Seine Kameraden folgten ihm hastig in den Raum und der Zwerg sicherte einen der zwei Türflügel mit einem Keil.

Goblin Slayer, die Elfe und der Echsenmensch standen – auf Überraschungsangriffe vorbereitet – mit gezückten Waffen schützend vor der Priesterin und dem Zwerg, doch auf den ersten Blick schien der Raum, der sich als Grabkammer entpuppte, bis auf ein paar Steinsärge leer. Als Waldläuferin war es nun die Aufgabe der Elfe, die ungefähr zehn Quadratfuß große Kammer zu untersuchen. Der Boden bestand aus neun quadratischen Steinplatten, die in einem Drei-mal-drei-Muster ausgelegt waren. Mit gespanntem Bogen begann sie vorsichtig den Raum zu durchqueren als …

»Schaut dort!«

»Wie schrecklich!«

Im Licht von Goblin Slayers Fackel konnte man mit Mühe eine Gestalt erkennen. Sie hing an Beinen und Armen mit Ketten gefesselt an einer Wand am anderen Ende der Kammer. Den langen Haaren nach zu urteilen, handelte es sich wohl um eine Frau, die eine metallene Rüstung trug. Sie musste einer der Abenteurer sein, die nicht zurückgekehrt waren.

»Goblin Slayer!«, rief die Priesterin und schaute den Krieger fragend an.

»Geh.«

Die Priesterin eilte zu der Frau und fragte: »Hallo? Alles in Ordnung?«

Diese reagierte nicht, was bedeutete, dass sie bewusstlos war oder … Schnell schüttelte die Priesterin ihre schlimmsten Befürchtungen ab und sagte: »Wir werden dir helfen!«

Sie begann zur Erdmutter zu beten und um Heilung zu bitten: »Höchst barmherzige Erdmutter. Bitte lege deine Hände … Wa…?«

Mit einem leisen Rascheln fielen die Haare der Frau zu Boden. Die Priesterin, die bis gerade noch in ihr Gebet vertieft war, hob den Blick und starrte in leere Augenhöhlen. Die Gestalt war ein Mensch gewesen, doch ihr musste bei lebendigem Leibe die Haut abgezogen worden sein, weshalb statt eines Gesichts nur noch ein kahler Schädel übrig war.

»Nein! Das kann nicht sein!«, schrie die Priesterin erschrocken auf.

Im gleichen Augenblick knallte die schwere Tür hinter den Abenteurern zu. Das Klackern des Keils, der dabei in den Raum geworfen wurde, klang wie ein hämisches Lachen.

»Nein!« Mit einem Schrei warf sich der Echsenmensch gegen die Tür, aber sie bewegte sich nicht. »Das ist gar nicht gut! Sie haben die Tür verriegelt!«

»Los, Schuppiger! Wir probieren es zusammen!«

Der Echsenmensch und der Zwerg warfen sich gemeinsam gegen die Tür, und obwohl sie ein leichtes Knacken von sich gab, bewegte sie sich noch immer nicht.

»GROOROOROROB!!«

»GOROB!! GORRRRB!«

Verspottendes Gelächter war von der anderen Seite der Tür zu hören und die Elfe biss sich vor Wut auf die Lippe.

»Goblins!«

»Jetzt haben sie uns erwischt«, sagte Goblin Slayer.

Es war zu erwarten gewesen, dass die Goblins irgendwann auf sie aufmerksam werden würden, denn sie merkten immer, wenn jemand in ihr Nest eindrang. Doch anstatt sich aggressiv auf die Gruppe zu werfen, hatten diese Goblins sich dafür entschieden, sie in eine Falle zu locken. Die Biester wussten, dass Abenteurer keine Kameradin hilflos zurücklassen würden, und hatten es so geschafft, die Gruppe in die Enge zu treiben.

Als die Priesterin begriff, in welcher Lage sie und ihre Kameraden sich befanden, blieb sie wie angewurzelt stehen. Ihre Knie begannen zu zittern und ihre Zähne zu klappern. Unweigerlich musste sie daran denken, was auf ihrem ersten Abenteuer geschehen war.

»Beruhigt euch«, befahl Goblin Slayer in herrischem Ton. Obwohl seine Worte nichts Aufmunterndes an sich hatten, schaffte die Priesterin es mit ihrer Hilfe, sich wieder etwas in den Griff zu bekommen. Sie nickte tapfer. Wäre er gerade nicht hier, hätte sie wahrscheinlich bereits alle Hoffnung aufgegeben. »Noch sind wir am Leben.«

Plötzlich begann der Kanarienvogel lautstark zu piepsen.

*

»Gift!«

»GROB! GORRB!!«

»GROOROB! GORRRB!!«

Das Piepsen des Kanarienvogels hallte durch den Raum, während das Gelächter der Goblins von der anderen Seite der Tür zu hören war. Aus unzähligen kleinen Löchern in den Wänden strömte weißer Rauch in den Raum und die Abenteuer drängten sich in seiner Mitte zusammen.

»Das ist nicht gut. So werden wir alle mit einem Schlag erledigt«, rief der Echsenmensch.

»Nicht jedes Gift muss tödlich sein, aber du hast recht: Das ist gar nicht gut«, entgegnete der Zwerg und wischte sich den Schweiß von der Stirn.

Die Elfe hatte den Blick noch einmal durch die Kammer schwenken lassen, bevor sie ihren Kameraden mitteilte: »Es gibt keinen Ausgang außer der Tür! Wir sitzen hier fest!«

»Goblin Slayer, was sollen wir tun?«, fragte die Priesterin verzweifelt. Sie beherrschte das Wunder »Gegengift« noch nicht … Nein, selbst damit hätte sie den Tod der Gruppe nur herauszögern können, denn es würde sie nur für kurze Zeit schützen. Außerdem konnte sie es nicht häufiger als dreimal wirken. »Goblin Slayer?«

Der Krieger wühlte wortlos in seiner Tasche und warf der Priesterin sechs schwarze Klumpen zu. »Wickel eins davon jeweils in ein Tuch und sorg dafür, dass jeder eins bekommt. Haltet es euch vor Nase und Mund!«

»Was ist das?«

»Kohle. Damit kann man einige Gifte aus der Luft filtern. Wenn du Heilkräuter hast, tu sie dazu.«

»Äh, ja!«

Aufgeregt setzte die Priesterin sich hin und holte sechs Tücher aus ihrer Tasche. Der Echsenmensch eilte an ihre Seite.

»Soll ich helfen? Gift wirkt bei mir nicht so stark.«

»J… Ja, bitte!«

Mit schnellen Handgriffen wickelte sie Kohle und Kräuter in eins der Tücher, um eine simple Gasmaske herzustellen. Während der Echsenmensch ihr diese um den Mund wickelte, stellte die Priesterin weitere für ihre Kameraden her.

»Goblin Slayer!«

»Danke.«

Goblin Slayer hielt zwei der Masken in der Hand. Die größere der beiden wickelte er um den Vogelkäfig und die kleinere steckte er sich in seinen Helm. Danach begann er erneut seine Tasche zu durchwühlen.

»Mensch. Was hast du denn alles dabei, Bartschneider?«, meinte der Zwerg, während er sich seine Maske umwickelte.

Nachdem Goblin Slayer zwei Päckchen aus seiner Tasche geholt hatte, antwortete er: »Nur das Nötigste. Eigentlich wollte ich Gasmasken, wie sie die Pestärzte benutzen, dabeihaben, aber …«

Er warf dem Zwerg die Päckchen zu. Überrascht fing dieser sie und legte aufgrund ihres Gewichts leicht den Kopf schräg. »Was ist das?«

»Steinkohle und Vulkanerde. Mischt das und verschließt die Löcher.«

Der Zwerg schlug sich auf den Bauch und fragte: »Ist das etwa Beton?!«

»Kannst du ihn schnell trocknen lassen?«

»Natürlich, Bartschneider. Ich beherrsche den Zauber ›Verwitterung‹.«

Als die Elfe das hörte, schnappte sie sich eins der Päckchen.

»Hey, Langohr. Was soll das?!«

»Als Elfe bin ich gut darin, Windzüge zu spüren!« Die Elfe kniff grinsend die Augen zusammen und wackelte mit den Ohren. »Ich werde die Löcher suchen und stopfen! Kümmer du dich um den Zauber, Zwerg!«

»Alles klar!«

Der Zwerg eilte der Elfe hinterher, die quer durch die Kammer rannte. Nachdem sie das erste Loch mit einer matschartigen Masse gestopft hatte, streckte der Zwerg einen Arm danach aus und sagte mit geschlossenen Augen: »Tick, Tack! Wandere weiter, Chronos. Setz die Zahnräder in Bewegung.«

Als der Zwerg die Augen wieder aufschlug, war der Matsch bereits getrocknet und zu Beton geworden. Der Echsenmensch rollte aufgeregt mit den Augen. »Diese Zauberer sollte man nicht unterschätzen.«

Da das Tuch allein nicht gereicht hatte, um sein Maul zu verdecken, hatte er einen Verband als Verlängerung benutzt, und weil das Kampfgeschehen für ihn wie eine zweite Heimat war, wirkte er sehr viel entspannter als seine Kameraden. »Was ist der nächste Schritt in deinem Plan, werter Goblintöter?«

»Lasst uns die Tür mit diesem steinernen Sarg blockieren«, antwortete der Krieger. »Sobald sich das Gift gelegt hat, werden sie reinstürmen.«

»Oh, i... ich helfe auch!«, meinte die Priesterin.

Auf ein Nicken von Goblin Slayer sprang der Echsenmensch an seine Seite und auch die Priesterin eilte heran.

»Ich bin jederzeit bereit«, sagte Goblin Slayer.

»Dann schieben wir jetzt gemeinsam.«

Während Goblin Slayer und die Priesterin sich Seite an Seite gegen den Sarg stemmten, stellte sich der Echsenmensch hinter die beiden und griff mit seinen riesigen Armen über sie hinweg.

»Und …«

»Hmpf!«

»… los!«

Zusammen mit ihren beiden Kameraden sammelte die zart gebaute Priesterin all ihre Kräfte und drückte, so stark sie konnte. Auch wenn sie wusste, dass ihre Kräfte nicht mit denen ihrer Kameraden zu vergleichen waren, gab sie dennoch ihr Bestes.

»H… Hnngh!«

Als die Priesterin bemerkte, dass sie nicht mehr zitterte, begann auch der Sarg sich zu bewegen. Mit einem lauten Kratzen rutschte er über die Steinplatten und hinterließ eine weiße Spur. Mit einem dumpfen Geräusch stieß er schließlich gegen die Tür.

Nachdem er den Sarg noch zwei-, dreimal geschubst hatte, sagte der Echsenmensch: »Das wäre erledigt.«

Während der Mönch zufrieden nickte, kam die Elfe herangesprungen.

»Wir sind auch fertig!«

Schwankend lief ihr der Zwerg hinterher und wischte sich den Schweiß von der Stirn.

»Aber mir sind die Zauber ausgegangen.«

»Dann nimm eine Waffe.«

Goblin Slayer reichte ihm einen Dolch und stellte den Vogelkäfig mit dem Kanarienvogel, der wieder zur Ruhe gekommen war, in der Mitte der Kammer ab. Dann kontrollierte er seinen Schild, schaute in seine Tasche und nahm Kampfhaltung ein.

»Oho. Zumindest sollte mir hier die Munition nicht ausgehen.« Nachdem er den Dolch weggesteckt hatte, zog der Zwerg eine Schleuder aus seiner Tasche und sammelte einige Steine vom Boden auf.

Die Elfe überprüfte in der Zeit die Sehne ihres Bogens und schaute in ihren Köcher.

»Soll ich auch einen Drachenzahnkrieger rufen?«

»Ach, dann wirke ich auch Schutzwall!«

»Bitte.«

Auf Goblin Slayers Antwort hin begannen der Mönch und die Priesterin ihre Gebete.

»Zerschneidende Klaue meines Vorfahren Iguanodon Ivana. Vier Glieder. Zwei Beine. Erhebe dich aus dem Boden.«

»Höchst barmherzige Erdmutter. Bitte beschütze uns Schwache mit deiner Erde.«

Während sich die auf den Boden geworfenen Reißzähne in einen Drachenzahnkrieger verwandelten, materialisierte sich das Wunder Schutzwall vor den Abenteurern.

»Es ist plötzlich so ruhig«, sagte die Elfe, während sie mit ihrem gespannten Bogen auf die Tür zielte. Aufgeregt wackelte sie mit den Ohren.

Immer noch in Kampfhaltung erklärte Goblin Slayer ihr: »Da wir die Löcher versiegelt haben, wird das Gift zurückgeschickt. Das wird einige erledigt haben.«

Bomm. Fast als würden sie Goblin Slayers Aussage unterstreichen wollen, erklang das tiefe Grollen von Kriegstrommeln, gefolgt von den Schrittgeräuschen vieler sich nähernder Wesen.

»Sie sind da.«

Die vom Steinsarg blockierte Tür bebte kurz. Kurz darauf ertönte ein sich wiederholendes Trommeln, als würde etwas dagegen gerammt. Während sich bei den ersten Schlägen nichts tat, knirschte und knackte die Tür nach und nach immer mehr, bis schließlich ein Teil davon herausbrach. Dreckig gelbe Augen schimmerten durch den Spalt hervor.

»Passt auf!«, rief die Elfe und feuerte einen Pfeil ab. Den Bruchteil einer Sekunde später durchbohrte er den Schädel des hereinspähenden Goblins.

»GARAB?!« Mit einem ohrenbetäubenden Kreischen fiel das Biest tot um, aber einer seiner Artgenossen nahm sofort seinen Platz ein.

»Ich weiß nicht, wie viele es sind, aber einige von ihnen scheinen besonders zu sein!«

Die Goblins begannen von ihrer Seite der Tür die Abenteurer mit Pfeilen zu beschießen, aber im Gegensatz zum Pfeilregen des letzten Kampfs konnten einzelne Pfeile nur schwer das Wunder durchdringen. Solange die Priesterin es also aufrechterhielt, stellten die Pfeile der Goblins keine Gefahr dar.

»Sie winden sich durch die Löcher!«, rief der Zwerg und zog eine Grimasse, dessen wahre Bedeutung schwer zu deuten war.

Obwohl der Zwerg und die Elfe schnellstmöglich Steine und Pfeile auf die durchbrechenden Biester feuerten, konnten sie diese nicht daran hindern, die Tür an ihre Belastungsgrenzen zu bringen, die schließlich mit einem ohrenbetäubenden Krachen aus den Angeln riss.

»GORORB!!«

»GROOROB!!«

Ungehindert stürzten die Goblins in den Raum. Sie hielten die für die Biester üblichen groben Waffen in den Händen, trugen aber Kettenhemden und Lederrüstungen, was alles andere als gewöhnlich für sie war.

»Sie sind wirklich gut ausgerüstet«, sagte Goblin Slayer, nachdem er die einfallenden Wesen kurz beobachtet hatte. Doch nicht nur das war ihm aufgefallen. »Ein Hob … Nein …«

Ein gewaltiger Goblin schob sich mit einem dunklen Knurren durch die Tür. Goblin Slayer warf seinen Dolch nach ihm und traf einen Rüstungsspalt an der Schulter, doch das Wesen schien das nicht im Geringsten zu stören. Man konnte es nicht mit seinen Artgenossen vergleichen. Es war größer als jeder Mensch und seine Muskeln spannten seine grüne Haut so sehr, dass man das Gefühl bekam, sie könnte jederzeit platzen. Es war mit einem gewaltigen Knüppel bewaffnet und ein abscheuliches aber auch selbstgefälliges Grinsen prägte seine Fratze.

»GORAORARO!!«

»Ein Champion«, stellte Goblin Slayer nüchtern fest.

Der Goblin-Champion zog sich den Dolch aus der Schulter und verbog ihn mit einer Hand, bevor er ihn zu Boden warf.

»Ich lege los.« Goblin Slayer zog sein Schwert und stürzte sich auf die ersten Goblins.

»Ich unterstütze dich!«, rief der Echsenmensch und zog seine Knochenklinge. Mit einem furchterregenden Kampfschrei stürzte auch er sich auf die einfallenden Bestien. Sein Drachenzahnkrieger folgte ihm.

Das Geräusch von reißendem Fleisch, Gebrüll und Schmerzensschreie. Augenblicklich lag der Geruch von Blut in der Luft. Wie immer interessierten sich die Goblins nicht sonderlich für ihre gefallenen Kameraden und stürzten sich Welle für Welle auf die Abenteurer. Doch Goblin Slayer war sich bereits im Klaren darüber, dass sie so nicht gewinnen könnten. Sie mussten den Anführer besiegen.

»Ä… Ähm …«, sprach eine bebende Stimme den Krieger von hinten an. Es war die Priesterin, die zwischen dem Zwerg und der Priesterin stand. Goblin Slayer jedoch ignorierte sie und stürzte sich in die Unmengen von Goblins vor ihnen und war kurz darauf nicht mehr zu sehen.

Er bewegte sich geduckt, immer darauf achtend, dass keine der Bestien ihn von hinten erwischen konnte. Wenn er einen Goblin nicht mit seiner Klinge traf, schlug er ihn mit dem Schild, sodass er umfiel und damit leichte Beute für den Echsenmenschen und seinen Drachenzahnkrieger war.

Ein Goblin hatte es derweil geschafft, sich an dem Rücken des Drachenzahnkriegers festzuklammern, aber der Echsenmensch beförderte ihn mit einem Tritt zu Boden. Der Drachenzahnkrieger stürzte sich auf den gefallenen Goblin und zerriss ihm blitzschnell die Kehle.

Goblin Slayer schleuderte sein Schwert auf einen Angreifer mit Speer und nahm dann den Knüppel eines gefallenen Goblins zur Hand.

»ORARAGA?!«

»Fünf.«

Da sie in einem offenen Raum kämpften, hätte Goblin Slayer gegen diese Menge an Goblins allein keine Chance gehabt. Selbst wenn ihm nicht die Puste ausgegangen wäre, hätte früher oder später eines der Biester es geschafft, ihn von hinten oder von der Seite zu erwischen.

»Geh in die Vollen«, rief Goblin Slayer dem schuppigen Mönch zu.

»Ja«, antwortete er mit einem Brüllen. »Oh, schenke mir deine Sicht, Vorfahre!«

Erst schlug er einen Gegner mit dem Schwanz weg, dann griff er sich den nächsten und warf ihn an die Wand.

»GORARA?!«

»GROOROBB?!«

Zwei krallenbepackte Hände, ein Kiefer und ein Schwanz. Der ganze Körper des Echsenmenschen war eine Waffe, sodass er wie ein wilder Wirbelsturm kämpfen konnte. Egal in welche Richtung er auch schlug, ein Gegner war immer in Reichweite. Zusammen mit seinem Drachenzahnkrieger schaffte er es, ein kleines Loch im Kampfgetümmel zu erzeugen, durch das Goblin Slayer schnell hindurcheilte.

»Scheiße, sind das viele!«

»Hör auf zu nörgeln und kämpf!«

Alle Goblins, die Goblin Slayer und der Echsenmensch übrig ließen, wurden zielsicher von dem Zwerg oder der Elfe im Fernkampf beseitigt.

»Kannst du noch?!«

»Ja, irgendwie …«

Die Priesterin bemühte sich immer noch, das Wunder Schutzwall aufrechtzuerhalten, und hielt damit die Goblins davon ab, zu ihr, der Elfe und dem Zwerg durchzudringen. Da die Anzahl der Goblins, die in die Kammer eindringen konnten, durch den Schutzwall und den Türrahmen begrenzt war, verlief der Kampf zu Gunsten der Abenteurer, aber die Frage war, wie lange es noch so bleiben würde.

Kein anderer konnte die Frage besser beantworten als Goblin Slayer, der gerade einem Goblin mit dem Knüppel den Schädel einschlug. Als nächstes zerquetschte er einer der Bestien mit seinem Schild die Luftröhre und warf einer weiteren den Knüppel an den Kopf. Dann griff er zu dem Langschwert eines bereits getöteten Goblins.

»Siebzehn …«

Nachdem Goblin Slayer sich etwas Freiraum erkämpft hatte, verschwand er hinter einem der Steinsärge. Sein Ziel war es, hinter den Goblin-Champion zu kommen und ihn zu überraschen.

Der Champion war dreimal so groß wie ein Goblin und zweimal so groß wie ein Mensch. Seinem Aussehen nach musste er von einem Hobgoblin abstammen und hatte seinen mächtigen Körper durch Aufenthalte in mehreren Nestern und im Kampf gegen unterschiedlichste Abenteurer trainiert. Ihm war es bereits in die Wiege gelegt worden, ein Anführer zu sein, und durch Erfahrung war er zu etwas wie einem Helden der Goblins geworden.

Bei dem Kampf um den Bauernhof hatte ein anderer Goblin-Champion den Panzerkrieger und die Ritterin in Schach halten können, und es war zu erwarten, dass auch dieses Exemplar beachtliche Kampffähigkeiten besaß.

Aber ein Goblin bleibt halt ein Goblin, dachte sich Goblin Slayer. Natürlich hieß das nicht, dass er auf ihn herabsah. So einen Fehler würde der Krieger nicht begehen.

»ORGOORORB!!«

Um seine feigen Untergebenen anzustacheln, schwang der Champion seinen Knüppel durch die Luft.

Goblin Slayer hatte es mittlerweile geschafft, sich hinter ihn zu schleichen. Er hatte Geschichten davon gehört, dass es einem Rhea gelungen war, einem Goblin-Lord mit einem Schlag den Kopf abzuschlagen. Er wusste zwar nicht, ob das wirklich möglich war, aber auch er hatte vor, es mit einem Schlag zu beenden. Er würde versuchen, mit seiner Klinge den Hals des Champions von hinten zu durchbohren. Er drehte die Klinge in seiner Hand um, nahm Anlauf und sprang von einem der Steinsärge ab.

»OROAGA?!«

Er spürte genau, wie das Schwert Fleisch durchtrennte, doch dann erkannte er, dass er nicht den Champion, sondern nur einen seiner Untergebenen erwischt hatte.

»GORAGAGA!!«

Der Anführer hatte einen niederen Goblin als Schild verwendet. Das war nichts Neues für Goblin Slayer. Er wusste, dass Goblins keinerlei Probleme damit hatten, ihre Kameraden zu opfern, denn für sie zählte allein der Sieg. Allerdings hieß das nicht, dass sie nicht über den Tod ihrer Kameraden sauer wurden.

»GOROROROB!« Der Goblin, den der Champion als Schutzschild verwendet hatte, schaffte es noch, Goblin Slayer etwas ins Gesicht zu schreien, während er dickes Blut ausspuckte.

»Ts!« Goblin Slayer zögerte nicht lange und zog sein Schwert heraus, um zum nächsten Hieb anzusetzen, doch dafür war es zu spät. Der Champion hatte bereits mit seinem Knüppel ausgeholt und begann dreckig zu grinsen.

»GROOOOORB!!«

»Argh?!«

Ein schreckliches Knacken halte durch die Kammer, als der Knüppel auf Goblin Slayers Körper traf. Er fühlte, wie er durch die Luft segelte und in etwas krachte – dann überkam ihn ein Schmerz, der ihm alle Sinne raubte. Goblin Slayer war in einen der Steinsärge geschleudert worden, der unter der Kraft des Aufpralls zerbrochen war.

»Goblin Slayer …?!« Die Priesterin blickte fassungslos auf ihren reglosen Kameraden.

»Orcbolg, wurdest du erwischt?!« Auch die Elfe und der Zwerg richteten die Blicke auf Goblin Slayer.

Doch er antwortete nicht.

»G… Goblin Slayer!«, schrie die Priesterin. *N… Nein … Das kann nicht sein … Selbst nach dem Treffer des Ogers war er wieder aufgestanden … Ja … Er wird gleich wieder aufstehen …!*

Doch er tat es nicht. Er lag da wie eine Marionette mit durchgeschnittenen Fäden. Blut tropfte aus seinem Visier, und seinen Kameraden wurde klar, dass der Champion ihn mit einem kritischen Treffer erwischt hatte.

»Ne…« Der Priesterin rutschte der Stab aus den Händen und er fiel scheppernd zu Boden. Sie konnte sich vor Zittern kaum noch auf den Beinen halten. »Nein! Goblin Slayer! Goblin Slayer!!«

»GORB! GRROB!«

»GROROB!«

Als sie die Schreie des Mädchens hörten, mussten die Goblins Lachen, denn es war genau das, was sie wollten. Einer der Nahkämpfer der Abenteurer war schwer verletzt und die Priesterin in Panik. Sie wussten, was das bedeutete: Ihre Gegner hatten keine Chance mehr. Bald würden sie ihren Spaß mit ihnen haben können.

»Oh, nein! Der Schutzwall!« Der Zwerg bemerkte es zuerst. Das Wunder der Priesterin war endgültig verschwunden, und die Goblins, die sich der Priesterin, der Elfe und dem Zwerg bisher nicht nähern konnten, stürmten jetzt auf sie zu.

»Wirke das Wunder erneut!«, rief die Elfe der immer noch panischen Priesterin zu. »Beruhig dich. Konzentrier dich!«

»J… Ja!«, antwortete die Priesterin. Stotternd begann sie zu beten: »H… Höchst barmherzige … Er… Erd…!«

Doch es war zu spät. Bevor die Priesterin ihr Gebet zu Ende sprechen konnte, hatten sich die ersten Goblins bereits auf die Elfe gestürzt.

Sie hatte so schnell mit Pfeilen auf sie gefeuert, wie sie es konnte, aber es hatte nicht gereicht, um ihren Ansturm zu verlangsamen.

Verzweifelt versuchte sie die Goblins von sich zu schütteln, doch Elfen waren zarte Geschöpfe und ihre Kraft reichte nicht, um sich aus den Klauen ihrer Angreifer zu befreien.

»Loslassen. Lasst los. Haa. Ah?! Aufhö... Nein. Aah?!«

In kürzester Zeit saßen so viele Goblins auf ihr, dass aus der Masse der Angreifer nur noch ihre Beine hervorschauten, mit denen sie verzweifelt um sich trat.

»Langohr!« Der Zwerg stand der Elfe am nächsten und warf seine Schleuder von sich, um eine Axt aus seinem Gürtel zu ziehen. »Ihr verfluchten Viecher! Lasst sie gefälligst los!«

Da er all seine Magie bereits aufgebraucht hatte, blieb dem Zwerg nichts anderes übrig, als seine Kameradin mit roher Gewalt zu befreien. Zum Glück hatte er schnell genug reagiert, bevor einer der Goblins seine Klinge in die Elfe rammen konnte.

Allerdings sorgte die fehlende Fernkampfunterstützung nicht nur dafür, dass der Echsenmensch jetzt komplett allein auf sich gestellt war, sondern auch dafür, dass niemand mehr zwischen der Priesterin und dem Goblin-Champion stand.

»Nei... Nein, nicht ...«

Die junge Frau zitterte am ganzen Körper. Vor Angst klapperte sie mit den Zähnen und schaffte es nicht mehr, sich auf den Beinen zu halten. Als sie plumpsend auf den Hintern fiel, breitete sich zwischen ihren Beinen ein feuchtwarmes Gefühl aus.

»GROB! GROORB! GORRRB!«

Als der Goblin-Champion roch, was gerade passiert war, schaute er sie verachtend an. Am liebsten wäre sie bewusstlos geworden, aber ironischerweise ließ all die Erfahrung, die sie mittlerweile während ihrer Abenteuer gesammelt hatte, genau dies nicht zu. Der Champion streckte einen Arm aus, ergriff die zarte Priesterin an der Hüfte und hob sie in die Luft.

»Hnngh?! A… Argh!« Der grobe Griff des Goblins tat der Priesterin weh und sie ächzte vor Schmerzen. Sie überkam die Furcht, dass die Bestie ihr Rückgrat brechen würde. »Hi… Hilfe! Wa… Was? Warum?«

Doch stattdessen zog der Champion die junge Frau näher an sein nach verfaultem Fleisch stinkendes Maul heran und schnüffelte kurz an ihr, bevor er seine Zähne in sie vergrub.

»Aaaaaaah!«

Als wäre es gar nicht existent, biss das Monster ein Stück des Kettenhemds zusammen mit einem Stück Fleisch aus der Schulter der Priesterin heraus. Blut sprudelte aus der Wunde hervor und färbte die Robe rot.

»Aah?! Aaah?!«

Noch nie hatte die Priesterin unter solchen Schmerzen gelitten. Ihr Verstand war gar nicht mehr dazu fähig, all das zu verarbeiten, was gerade passierte. Während ihr langsam schwarz vor Augen wurde, verlor sie die Kontrolle über ihren Körper.

»Hört auf! Verdammt! Loslassen! Lasst los!«

Endlich hatte die Elfe es mithilfe des Zwergs geschafft, sich aus dem Haufen von Goblins zu befreien.

»Es geht so nicht weiter! Werter Zwerg, wenn wir die drei nicht hier rausbringen, werden wir sicher aufgerieben!«, rief der Echsenmensch, während er so viele Goblins erledigte, wie er konnte.

»Das sagst du so leicht, Schuppiger!«

»GOROROB!«

»GORRB! GORB! GOOB!«

Der Goblin-Champion lachte lautstark, während er beobachtete, wie die restlichen Abenteurer verzweifelt um ihr Leben kämpften.

Es war ein Tag wie jeder andere. Die Würfel bestimmten mit ihren Augen das Schicksal aller und sorgten so immer wieder dafür, dass Abenteurer von Goblins aufgerieben wurden. Die einen nannten es Schicksal, die anderen nannten es Zufall …

Halt's Maul!

Für Goblin Slayer war es, als hätte er eine Stimme gehört, die ihn wahnsinnig wütend gemacht hatte. So wütend, dass er wieder zu Bewusstsein gekommen war. Er richtete sich vorsichtig auf und bemerkte, dass sich in dem Grab, auf das er gefallen war, eine versteckte Treppe befand, die in die Tiefe führte. Er hatte Glück gehabt, denn sie hatte einen Hohlraum geschaffen, der ihm das Leben gerettet hatte. Wäre sein Sturz dadurch nicht abgeschwächt worden, wäre er jetzt ganz sicher tot.

Aber diese Treppe interessierte ihn jetzt nicht. Wichtig war nur, dass er noch lebte – und solange er am Leben war, würde er kämpfen.

Er griff in seine Tasche und zog mit Mühen einen Heiltrank heraus, der nicht durch den Aufprall zerstört worden war. Mit seinen gebrochenen Fingern war es nicht einfach, den Korken aus der Flasche zu ziehen, aber als er es schließlich geschafft hatte, schüttete er sich den Inhalt in den Mund.

Der Trank würde ihn nicht wie ein göttliches Wunder heilen, aber er würde die Schmerzen lindern und ihm damit ermöglichen, sich zu bewegen. Und wenn er sich bewegen konnte, dann konnte er kämpfen.

Mit seiner rechten Hand suchte er die Umgebung ab und fand schließlich eine Waffe oder zumindest etwas, was er als Waffe verwenden konnte. Er griff zu und zwang sich dann, trotz des angebrochenen Knies aufzustehen.

Er war noch am Leben. Als dies ein Goblin bemerkte, näherte er sich ihm grinsend. Wahrscheinlich dachte der Goblin, dass er ihm den Todesstoß versetzen könnte. Schild voraus lies Goblin Slayer sich auf den Angreifer fallen.

»GORARO?!«

Mit der Kraft seines Körpergewichts bohrte er den Schild in die Stirn seines Gegenübers und tötete ihn. Er schüttelte das Blut und die Gehirnmasse von seinem Schild und richtete sich wieder auf. Er musste weiter und dabei leise sein. Er durfte diesmal nicht bemerkt werden.

Der Goblin-Champion war gerade vollkommen darauf konzentriert, an seinem Opfer zu knabbern, der Priesterin, die er immer noch in der Hand hielt. Er hatte noch nicht bemerkt, dass Goblin Slayer wieder aufgestanden war.

Der Körper der Priesterin war vollkommen schlaff und ihre leeren Augen starrten in die Ferne. Die Bisswunde an ihrer Schulter hörte nicht auf zu bluten und ihre Lippen bewegten sich zitternd, aber kein Laut war zu hören. Betete sie etwa oder flehte um Hilfe? Es war unklar.

Goblin Slayer hatte es mittlerweile geschafft, unbemerkt hinter den Champion zu gelangen, und sprang ihm auf den Rücken.

Er warf dem Monster etwas um den Hals und zog mit aller Kraft daran.

Als er nach einer Waffe gesucht hatte, hatte Goblin Slayer die Haare der toten Abenteurerin und ihre Wirbelsäure gefunden. Er hatte aus den Haaren eine Schlinge gefertigt und diese an der Wirbelsäule befestigt. Die Wirbelsäule half ihm dabei, die nötige Kraft zu entwickeln, die er brauchte, um den muskelbepackten Goblin überhaupt erst würgen zu können.

»GO, RRRRBBBB?!?!?!«

Verzweifelt versuchte der Champion aufzuschreien, bekam aber nicht mehr als ein kratziges Geräusch heraus. Er zog mit der freien Hand an der Schlinge aus Haaren, schaffte es aber nicht, mehr als ein paar Haare zu lösen.

Goblin Slayer hatte gehört, dass Meuchelmörder Fäden aus Menschenhaaren als Mordwerkzeug nutzten, weil sie widerstandsfähig waren und nicht verrutschten. Dieses Wissen war ihm jetzt nützlich geworden.

Als dem Goblin-Champion bewusst wurde, dass er sich nicht so einfach aus der Lage befreien konnte, schmiss er die Priesterin zu Boden.

»Ah ...« Goblin Slayer hörte, wie sie ein leichtes Stöhnen von sich gab. Sie lebte. Diese Information reichte in diesem Moment für ihn.

Nicht wissend, was er sonst tun sollte, bäumte der Goblin-Champion seinen Körper auf und schmiss sich mit dem Rücken gegen eine Wand.

»Argh!«, entwich Goblin Slayer ein Schmerzensschrei. Er war zwischen dem Körper des Champions und der Wand eingeklemmt worden und hatte die volle Wucht der Körpermasse des Goblins abbekommen. Er spuckte erneut Blut, aber lockerte seinen Griff für keine Sekunde.

»GOROROB?! GROORB?!«

Der Goblin-Champion geriet in Panik und seine Untergebenen eilten herbei, um ihm zu helfen. Allerdings war das ein Fehler, denn just in diesem Moment begann ihr Anführer, mit seinem Knüppel wild um sich zu schlagen. Von der Wucht seiner Waffe getroffen, wurden einige von ihnen in Stücke gerissen und andere am Boden zerquetscht.

»Hejaaaah!« Der Echsenmensch nutzte die Chance und stürzte sich mit Gebrüll auf einige verwirrte Goblins.

»GRAB?!«

»GORORB?!«

Mit jedem Aufblitzen seiner Scharfkralle flogen Arme, Beine oder Köpfe seiner Gegner durch die Luft, die verzweifelt versuchen, ihn zu umzingeln. Allerdings machte ein Hagel aus Pfeilen mit Knospenspitzen ihnen einen Strich durch die Rechnung.

»Los! Heil sie!«, rief die Elfe dem schuppigen Mönch zu. Die Goblins hatten ihre Kleidung aufgerissen und sie war von oben bis unten mit Blut beschmiert, aber daran schien sie gerade gar nicht zu denken. »Wir kümmern uns um die Goblins hier!«

»Ja!«, antwortete der Echsenmensch und begann sich zur Priesterin durchzukämpfen.

»Danke«, sagte die Elfe zum Zwerg und atmete erleichtert aus.

»Wo kommt das so plötzlich her?«, fragte der Zwerg verwundert. Auch er war vollkommen mit Goblin-Blut besudelt und obwohl er sichtlich erschöpft war, war er immer noch in Kampf-position.

»Beschämend, dass ich als Elfe einem Zwerg etwas schuldig bin, aber es wäre noch beschämender, wenn ich mich nicht bedanken würde.«

Der Zwerg lachte lautlos und entgegnete: »Gerade hattest du noch Tränen in den Augen. Du bist verdammt stolz.«

Darauf zwinkerte die Elfe ihm zu und sagte: »Immer noch besser, als keinen zu haben, oder?« Danach feuerte sie ein paar Pfeile auf den Goblin-Champion und rief: »Mach ihn fertig, Orcbolg!«

Goblin Slayer zog nach wie vor mit voller Kraft und versuchte dabei, das Wüten des Champions weg von seinen Kameraden zu lenken. Der Goblin warf seinen Körper hin und her und während der Krieger zuerst höllische Schmerzen empfunden hatte, spürte er mittlerweile gar nichts mehr. Es war ein wenig so, als würde er auf Wasser treiben.

Sein Verstand schlug Alarm. Er wusste, Schmerzen waren ein Zeichen dafür, dass man am Leben war. War ihr Fehlen ein Zeichen dafür, dass er kurz vor seinem Ende stand? Hatte er eine falsche Entscheidung gefällt?

Stirb endlich. Setz dem Ganzen ein Ende!

Nein, eigentlich traf es sich doch gerade gut, dass er keine Schmerzen spürte. Wenn es zum Sieg führte, würde er immer übertreiben.

»Hey!«, presste Goblin Slayer unter Schmerzen hervor. Ihm war nicht klar, ob der Champion verstehen konnte, was er sagte, aber jedenfalls drehte dieser den Kopf und schaute den Krieger an. »Sieh mich an, Goblin.«

Nachdem der Goblin ihm den Kopf weit genug zugedreht hatte, rammte Goblin Slayer die rechte Hand in eins seiner Augen und riss es heraus.

»GRORARARAB?! GROORORROROB?!?!?!!«

Als Reaktion auf die Schmerzen und darauf, was gerade passiert war, zuckte der Goblin plötzlich heftig und Goblin Slayer fiel zu Boden. Nur mit Mühe konnte er sich vor dem Körper des Champions retten, der direkt darauf auf die Knie fiel.

Unter höllischen Schmerzen und mit heftigem Keuchen richtete sich Goblin Slayer wieder auf, wobei er einen Knochen als Stütze nutzte. Von oben bis unten mit Blut besudelt bot er einen furchterregenden Anblick und die Goblins schienen aus Furcht vor ihm eingefroren zu sein. Obwohl er dem Tode nahe war, erhob der Krieger die Stimme und sagte: »Wer ist als Nächstes dran?« Als wollte er seine Aussage unterstreichen, warf er den herausgerissenen Augapfel dem nächstbesten Goblin flatschend vor die Füße. »Du?«

»GORB ...! GARARARAB!!«

Der Goblin-Champion schaffte es, sich schwankend aufzurichten, und stieß einen schmerzerfüllten Schrei aus. Wo eben noch sein rechtes Auge war, war jetzt nur noch ein blutendes schwarzes Loch.

»GOB ...«

Die Goblins schwenkten verwirrt die Blicke von ihrem Anführer zu Goblin Slayer und zurück, bis einer von ihnen vor Angst seine Waffe fallen ließ und damit ungewollt den hastigen Rückzug des Rests der Horde einleitete.

»GORROROROB!!«

»GORARAB! GORAB!«

»GROOB! GROB!«

Unter Schreien rannten sie wie kopflose Hühner los. An ihrer Spitze war der Champion und bewies damit, dass er zwar stark sein mochte, aber am Ende auch nur ein Goblin war. Schnell verschwanden sie durch den Eingang der Kammer in der Dunkelheit und ließen die Abenteurer mit Bergen toter Kameraden zurück. Verletzt und am Ende ihrer Kräfte dachten die Abenteurer gar nicht daran, die Verfolgung aufzunehmen – bis auf Goblin Slayer.

Schwankend warf er den Knochen fort und griff nach einem Speer, um ihn als Krücke zu verwenden. Mühsam bewegte er sich durch die Kammer und zog dabei eine Spur aus Blut hinter sich her, die aus seinem eigenen sowie aus Goblin-Blut bestand, doch nach einigen Metern fiel er auf die Knie.

»Orcbolg!«, rief die Elfe und kam herangesprungen, um ihn zu stützen. Dass nur einige Fetzen Kleidung ihren sonst vollkommen entblößten Körper bedeckten, schien sie nicht zu stören.

»Alles okay?«, fragte Goblin Slayer mit einer fast träumerischen Stimme.

»Ja, so gerade …«, antwortete die Elfe mit heiserer Stimme. »Du hingegen bist alles andere als okay.«

»Das stimmt. Wie geht es der Priesterin?«

»Warte … Kannst du gehen?«

»Ich werde es versuchen.«

©Noboru Kannatuki

Ihre letzten Kräfte mobilisierend schaffte die Elfe es, Goblin Slayer zu stützen, und zusammen gingen sie zu dem Rest ihrer Kameraden. Die Elfe merkte, wie ihr warme Tränen die Wangen herunterliefen.

»Hier, ich helfe euch«, sagte der Zwerg und kam den beiden entgegengeeilt. Auch er sah schrecklich aus. Seine Ausrüstung war rot getränkt von all dem Goblin-Blut, und selbst sein weißer Bart, auf den er so stolz war, war nicht verschont geblieben. Er stützte Goblin Slayer von der anderen Seite und sagte: »Wir sollten erst einmal umkehren.«

»Ja …«, stimmte Goblin Slayer überraschenderweise zu.

Zusammen erreichten sie den zerstörten Steinsarg, auf dem Goblin Slayer gelandet war. Neben ihm saß der Echsenmensch über die Priesterin gebeugt und heilte sie mit einer seiner Fähigkeiten.

»Wie sieht es aus?«, fragte Goblin Slayer.

Der Echsenmensch kniff die Augen leicht zusammen und hob den Kopf seiner Patientin mit seinem Schwanz an. Dann antwortete er: »Ihr Leben ist nicht mehr in Gefahr. Aber wären die Wunden etwas tiefer gewesen, hätte ich nichts mehr für sie tun können.«

»Ach so.«

»Hier … Setz dich, das ist besser, oder?«, meinte die Elfe zu Goblin Slayer, der neben ihr keuchte.

Mit der Hilfe des Zwergs setzte sie ihn so hin, dass er sich an dem kaputten Sarg anlehnen konnte, aber trotzdem wirkte er, als ob er jeden Moment umfallen würde.

»Ah …« Mit einem leisen Stöhnen öffnete die Priesterin ihre Augen. »Es tut … mir … lei…«

»Mach dir keinen Kopf. So etwas kommt schon mal vor«, sagte Goblin Slayer und nahm ihre Hand.

»Go… Slay…er.«

»Wir müssen an die Oberfläche zurück. Wenn wir uns nicht beeilen, kommen sie wieder. Kannst du stehen, Orcbolg?«

»Ach, zieh du dir lieber einen Mantel über. Ich werde Bartschneider stützen.«

»Ich werde die werte Priesterin auf meinen Schultern tragen. Bleibt wachsam.«

Während er hörte, wie seine Kameraden den Rückzug aus der Kanalisation besprachen, verschwand Goblin Slayers Bewusstsein langsam in der Dunkelheit.

»Wie lange willst du noch schlafen, du Volltrottel!«

Ein Schlag auf den Hinterkopf riss den Jungen aus seinem Schlaf. Er sprang auf, nahm Kampfhaltung ein und untersuchte seine Umgebung. Sie war kalt. Eisig kalt und weiß. Er befand sich wie immer in der großen Höhle unter der Erde, die voller Eis und Schnee war. Es war dunkel und er konnte nicht viel erkennen. Kaum hatte er begriffen, wo er sich aufhielt, traf ihn ein weiterer Schlag am Hinterkopf.

»Was träumst du da! Wenn du wach bist, dann begrüß mich gefälligst!« Jemand schimpfte ihn aus, aber er traute sich nicht, sich umzuschauen, denn in der Zwischenzeit würde er bestimmt erneut geschlagen werden. Es konnte nur sein Meister sein, aber er konnte ihn nirgends sehen.

Er war mittlerweile mehrere Monate – oder vielleicht sogar Jahre – in dieser Höhle. Er konnte es nicht mehr genau sagen – und eigentlich war es ihm auch egal. Sein Meister, der ihn hergebracht hatte, trug viele Namen, darunter auch »Schleicher« oder »Vagabund«.

»Ja, Meister. Vielen Dank«, sagte der Junge und senkte den Kopf.

»Hmpf!« Als Antwort hörte er nichts weiter als ein Schnaufen. Wenn er seinen Meister verärgert haben sollte, würde der Junge nicht nur von ihm gezüchtigt, sondern auch nicht mehr von ihm trainiert. Panik stieg in ihm auf. Doch dann erlöste er ihn mit einem: »Na, in Ordnung.«

Der Junge beruhigte sich wieder und fragte seinen Meister, dessen genaue Position er immer noch nicht kannte: »Was soll ich heute machen?«

»Was du machen sollst?«, erwiderte dieser spottend. »Du bist wirklich ein Idiot! Was für eine törichte Frage!« Ein Schneeball flog durch die Luft und traf den überraschten Jungen im Gesicht. »Du wurdest geschlagen! Also schlag zurück! Schlag die Goblins!«

»Jawohl!« Ohne sich den Schnee aus dem Gesicht zu streichen, starrte der Junge nach vorn. Dass er sich in dieser Umgebung leicht unterkühlen konnte, kam ihm schon lange nicht mehr in den Sinn. Der Schmerz, die Gefahren und die Goblins waren für ihn mittlerweile selbstverständlich.

»Wie ist es?«, fragte der Meister ihn. »Die Biester sind clever. Sie sind grausam, zahlreich und verschlagen. Kannst du Goblins töten?«

»Ich werde sie töten.«

Der Meister gab ein seltsames Lachen von sich, bevor er sagte: »Als deine geliebte Schwester von den Bestien abgeschlachtet wurde, hast du nur schweigend zugesehen, oder? Weil du machtlos warst, nicht wahr?«

»Ja«, antwortete der Junge und biss sich auf die Lippe.

»Falsch!«

Ein weiterer Schneeball kam herangeflogen und traf den Jungen erneut im Gesicht. Neben der Kälte des Schnees spürte er auch einen stechenden Schmerz. Sein Meister, Schleicher, war grausam. Er hatte kleine Steine in den Schneeball gemischt.

Der Junge merkte, dass er blutete, aber entschied, die Wunde zu ignorieren. Stattdessen schaute er in die Richtung, wo er Schleicher vermutete.

»Du hättest einfach nur etwas tun müssen!« Der harte Vorwurf seines Meisters entflammte ein Feuer in dem Jungen, der seine Hände zu Fäusten ballte. »Du hättest die Goblins erschlagen können! Du hättest mit deiner Schwester fliehen können!«

Der Junge erkannte ein leichtes Flackern in der Luft. Sein Meister musste mittlerweile in direkter Nähe sein. Es kam ihm vor, als könnte er den Alkohol in seinem Atem riechen.

»Der Grund ist einfach: Deine Schwester ist tot, weil du sie nicht gerettet hast. Ob du den Versuch überlebt hättest, spielt dabei keine Rolle!«

Sein Meister begann ihn mit singender Stimme zu verspotten: »Ich bin machtlos und kann überhaupt nichts tun! Hätten die Götter mir Kraft gegeben, hätte ich die Goblins vernichtet! Wäre ich als legendärer Held auserwählt worden, hätte ich die Goblins besiegt! Hätte ich ein heiliges Schwert, hätte ich die Goblins bezwungen! Hätte ich nur Macht, wäre ich zu allem fähig!«

»Kann ein schwacher Feigling etwas unternehmen, selbst wenn er mächtig wird?«, fragte der Meister.

Der Junge schwieg.

»Die Macht wäre nichts weiter als ein Vorhang und in kürzester Zeit würde der Feigling wieder zum Vorschein kommen!«

Erneut erkannte der Junge, wie etwas in der Luft flackerte, doch anstatt die Gegend mit den Augen abzusuchen, schloss er sie und konzentrierte sich auf die Luftströmungen in der Höhle.

»Hörst du?«, setzte der Meister seinen Monolog fort. »Du hast kein Talent. Du hast kein Können. Du bist einer von vielen. Du stehst ganz am Anfang.« Plötzlich stieß etwas den Jungen vor die Brust. Er öffnete die Augen und sah seinen Meister vor sich stehen. Dessen Augen leuchteten seltsam gelb in der Dunkelheit. »Nur du allein kannst es entscheiden. Du musst dich entscheiden und Dinge ins Rollen bringen, um zu gewinnen.«

Der Meister schnipste mit den Fingern und entzündete Fackeln, die er vorbereitet haben musste, während der Junge geschlafen hatte. Ihre Flammen färbten die eisbedeckten Wände der Höhle rot. Nachdem der Junge nur eine Sekunde lang den Blick von ihm abgewandt hatte, war sein Meister wieder nirgends zu sehen.

»Es geht um Glück, Wissen und Willensstärke!«, hallte seine Stimme durch die Höhle.

Der Junge versuchte ruhig zu bleiben und konzentrierte sich zuerst auf seine Atmung. Dann hob er leicht die Arme, stellte die Beine leicht auseinander und senkte die Hüfte.

»Machst du es oder machst du es nicht? Das ist die erste grundlegende Frage!«

»Jawohl, Meister.«

»Wenn du dich überwindest, kannst du Riesen mit Steinen erlegen, gewaltige Spinnen erstechen, Drachen töten und selbst die Herrscher der Unterwelt vernichten!«

»Ja, Meister.«

»Du hast kein Glück und auch kein Wissen. Hast du Willensstärke? Du musst dir alles aneignen. Schau jetzt nach oben!«

Schnell richtete der Junge seinen Blick nach oben. Er erkannte, dass zahlreiche spitze Eiszapfen sich über ihm befanden. Durch die Hitze der Fackeln hatten sie bereits angefangen zu schmelzen und es war nur eine Frage der Zeit, bis die ersten davon auf ihn herunterrasen würden.

»Dies ist ein Rätsel! Eine Denkaufgabe! Mehr ist es nicht! Wenn du leben willst, antworte schnell!«

»Ja, Meister.«

»Gut …«

Rätsel waren seit dem Zeitalter der Götter eine traditionelle Art des Kampfes und sollten sogar noch älter sein als das Würfelspiel der Götter selbst. Für den Jungen spielte das jedoch keine Rolle. Er musste sie einfach nur lösen, denn sonst würde er sterben.

»Es kann frei durch die Luft fliegen. Es besitzt einen grausamen Rüssel, mit dem es Blut saugt. Es ist dein Erzfeind! Doch wenn du es tötest, dann fließt dein eigenes Blut! Was ist es?!«

Zuerst musste der Junge an Goblins denken, aber sie hatten keine Rüssel. Während er nachdachte kam ein Schneeball herangeflogen, aber diesmal hatte er damit gerechnet und wich aus. Dabei fiel etwas Blut von seiner Kopfwunde aufs Eis und dies sehend fiel ihm die Antwort ein.

»Eine Mücke.«

»Richtig!«, sagte der Meister und schnaubte amüsiert. »Aber das war erst der Anfang! Weiter geht's!«

»Den Meeren fehlt das Wasser. Die Flüsse fließen nicht mehr. Die Bäume der Wälder sind vertrocknet. Die Gebäude der Städte sind eingestürzt und keine Menschen zu sehen! Wo ist dieser Ort?!«

Der Junge war ratlos. Er hatte in all den Geschichten seiner Schwester von keinem Ort gehört, den solch ein hartes Schicksal ereilt hatte.

»Hey! Wo bleibt deine Antwort? Beeil dich! Sonst stirbst du!«, schimpfte sein Meister.

Noch bevor er antworten konnte, rollte der Junge sich reflexartig zur Seite ab. Einer der Eiszapfen war von der Decke gefallen und zersplitterte dort, wo er noch vor einer Sekunde gestanden hatte. Er hob die Hände, um sich vor den herumfliegenden Splittern zu schützen, und da fiel es ihm ein: Vor vielen Jahren hatte er mit seiner Schwester ein Rätselspiel gespielt, in dem dieselbe Frage vorgekommen war.

»Auf einer Karte.«

»Richtig! Aber viel zu langsam!«, sagte der Meister und begann zu klatschen. Das Geräusch hallte durch die Höhle.

Der Junge ließ sich jedoch nicht davon ablenken und kontrollierte stetig sein näheres Umfeld. Er durfte sich keine Unachtsamkeit leisten. Obwohl eine furchtbare Kälte in der Höhle herrschte, begann sich langsam Schweiß auf der Stirn des Jungen zu bilden.

Damit ihm Blut und Schweiß nicht in die Augen tropfen konnten, wischte er sich mit einem Ärmel über die Stirn. Dabei verspürte er einen stechenden Schmerz, doch natürlich ließ sein Meister ihn nicht verschnaufen.

»Komm schon. Es geht noch weiter! Gerechter als die Götter! Bösartiger als das Böse selbst! Die Reichen brauchen es! Die Armen wollen es nicht! Was ist es?!«

Eine schwierige Frage und der Junge hatte nicht viel Zeit, um darüber nachzudenken. Aus allen Richtungen flogen Schneebälle heran und er hatte seine liebe Mühe, ihnen auszuweichen.

»Hey, pass auf! Du wirst noch zerquetscht!«, warnte sein Meister ihn. Ein weiterer Eiszapfen fiel von der Decke und drohte den Jungen zu durchbohren.

Während er sich noch über den freundlichen Hinweis seines Meisters wunderte und zur Seite sprang, nutzte dieser die Gelegenheit, um einige Schneebälle auf seinen Schüler abzufeuern. Sie trafen den Jungen an der Schulter und die darin versteckten Steine bohrten sich tief in seine Haut. Schmerzerfüllt stöhnte er auf.

Ich weiß es nicht! Mir fällt nichts ein! Ich habe keine Zeit darüber nachzudenken! Der Junge war kurz davor aufzugeben, als es ihm schließlich dämmerte.

»Nichts!«, schrie er. »Die Antwort lautet: Nichts.« Obwohl er richtig lag, war sein Meister noch nicht fertig mit ihm.

»Was erscheint schwarz umgeben von Schwarz in Schwarz innerhalb Schwarz?«

»Ein Goblin im Bauch einer Frau, die gefangen in einem Gob-
lin-Käfig in einer Höhle ist! Das war einfach.«

»Oho, verstehe! Wie sieht es damit aus?! Er wird irgendwann auf
jeden Fall vor dir auftauchen! Er wird dich nicht entkommen lassen! Du wirst nicht mit ihm reden können! Schau doch! Er ist
neben dir! Wie schade! Gib einfach auf!«

Als der Junge das Rätsel hörte, war ihm sofort bewusst, dass sein
Meister ihm das vorige nur gestellt hatte, um sich das nächste auszudenken. Während er keuchend den Schneebällen und Eiszapfen
auswich, fiel ihm keinerlei Antwort ein. Das Blut und der Schweiß
tropften ihm von der Stirn, liefen ihm in die Augen und raubten
ihm die Sicht. Die Verletzung an der Schulter pochte schmerzhaft,
aber dennoch gab er alles, um eine Antwort zu finden.

Was würde auf jeden Fall vor ihm auftauchen? Was würde ihn
nicht entkommen lassen? Warte … Stand er nicht auch jetzt direkt neben ihm?

»Der Tod!«

»Gut. Sehr gut. Du hast kein Glück und auch kein Wissen. Aber
Willensstärke hast du. Denk nach. Denk mit aller Kraft nach.«

»Ja, Meister.«

Der Junge wusste nicht, warum sich der Meister um ihn kümmerte, aber er würde seine Motive nicht hinterfragen. Er konnte

von ihm Strategien lernen, um sein Dorf ... nein, seine Schwester zu rächen, und war dankbar dafür, dass er ihn auf diese Aufgabe vorbereitete.

»Du bist besser geworden, aber ein Rätsel habe ich noch für dich!« Plötzlich stand der Meister vor dem Jungen. Er war nur halb so groß wie dieser und besaß eine dunkele Haut. In der Hand hielt er einen Dolch und er trug ein silberfarbenes Kettenhemd. Es handelte sich um einen Greis vom Volk der Rhea. Er starrte ihn aus Augen an, die im Schein der Fackeln gelb glitzerten, und ein Grinsen entblößte seine schiefen Zähne. »Was habe ich in meiner Tasche?«

Es war eine Frage, die eigentlich gegen die Regeln der Rätsel verstieß, doch der Junge begann ernsthaft darüber nachzudenken. Als ihm keine genaue Idee kam, wollte er darum bitten, dreimal antworten zu dürfen, doch im nächsten Moment spürte er einen dumpfen Schmerz am Hinterkopf. Sein Verstand versank langsam in der Dunkelheit. Der Junge würde nie die Antwort auf die Frage erfahren.

Kapitel 7

Geflüster, Gebete und Arien

Als Goblin Slayer die Augen aufschlug, fand er sich in einem weichen Bett mit sauberen Laken wieder. Es stand in einem Zimmer mit hoher Decke, wo es angenehm warm war. Er blickte an den imposanten Marmorsäulen vorbei nach draußen in einen strahlend blauen Himmel. Beim Aufrichten merkte er, dass er keine Rüstung trug. Jemand musste sie ihm abgenommen haben, während er bewusstlos gewesen war.

Es war für Goblin Slayer eine unheimliche Blamage, sein Bewusstsein verloren zu haben, aber trotzdem war er froh, dass sie es geschafft hatten, sich zurückzuziehen. Er war am Leben und das hieß, es gab ein nächstes Mal. Ein nächstes Mal, bei dem er es besser machen würde.

Langsam erinnerte Goblin Slayer sich an den Traum, den er während seiner Bewusstlosigkeit gehabt hatte. Der alte Rhea, sein Meister, war darin vorgekommen. Er hatte ihn im Alter von zehn Jahren aufgenommen und nach fünf Jahren intensiven Trainings war er einfach verschwunden.

Das ist jetzt fünf Jahre her. Was macht er wohl? Ich kann mir nicht vorstellen, dass er tot ist.

Goblin Slayer wusste, dass es nichts bringen würde, darüber nachzudenken, und streckte sich, um seine körperliche Verfassung zu überprüfen. Zu seinem Erstaunen erkannte er, dass all seine Wunden und gebrochenen Knochen bereits geheilt waren. Er spürte weder Schmerzen noch irgendwelche Unannehmlichkeiten. Jemand musste ein mächtiges Heilwunder auf ihn gewirkt haben.

»Hm ...« Plötzlich legte ihm jemand die Hände auf die Hüften und erst jetzt merkte Goblin Slayer, dass er nicht allein war. Die Priesterin lag nackt neben ihm, ihr zarter Körper nur in eine dünne Decke gehüllt, und sie hatte sich im Schlaf an ihn geklammert.

Goblin Slayer seufzte und zog sorgsam die Decke ein Stück zur Seite, um den Hals und die Schulter des Mädchens zu kontrollieren. Auch wenn die Haut an der Stelle, an der der Champion ihr ein Stück Fleisch rausgerissen hatte, ein wenig heller war, waren sonst keinerlei Verletzungsspuren zu erkennen.

»Mhm ...« Die Priesterin bewegte sich leicht und Goblin Slayer deckte sie wieder komplett zu.

Ungewollt drifteten seine Gedanken noch einmal zurück zu seinem Meister und plötzlich fühlte Goblin Slayer sich wie ein schrecklicher Versager. Es war bereits fünf Jahre her, dass der alte Rhea sich von ihm getrennt hatte, und er war immer noch nicht dazu imstande, sich allein um eine kleine Horde von Goblins zu kümmern. Schlimmer als das war nur, dass er diesmal nicht nur sich, sondern auch seine Kameraden durch sein Handeln in Gefahr gebracht hatte.

»Darüber hat er mir nichts beigebracht ...«, murmelte Goblin Slayer stöhnend.

»Du bist wieder bei Bewusstsein«, störte ihn eine bekannte Stimme in seinen Gedanken. Es war die Jungfrau des Schwertes, die Erzbischöfin des Tempels des Rechts, die sich dem Bett mit eleganten Schritten näherte.

»Und wie gefiel es dir«, flüsterte sie und setzte sich auf die Bettkannte, »mit mir und dem Mädchen eine Matratze zu teilen?«

»Es war nicht schlecht«, erwiderte Goblin Slayer nüchtern, während sie ihm sanft mit ihren überraschend kalten Finger über die Wange strich. »Das Wunder ›Auferstehung‹, oder?«

»Du kennst es?«

»Nur aus Geschichten.«

Auferstehung war ein legendäres Heilwunder, das die Wirkung von Heilen und Erfrischung bei Weitem übertraf. Um es wirken zu können, musste eine reine junge Frau in den Diensten der Götter mit einem Wesen das Bett teilen, um sich an seinem Leben festzuhalten. Es konnte keine Toten wiederbeleben, aber war dazu fähig, das Leben von Todgeweihten zu retten.

Allerdings kamen nur ausgewählte Personen in den Genuss dieses Wunders und dafür gab es drei Gründe.

Zuerst einmal war es für die meisten Wesen so gut wie unmöglich, in einem Tempel oder an einem auf gleiche Weise heiligen Ort zu übernachten.

Zweitens waren nur einige wenige hochrangige Dienerinnen der Götter überhaupt dieses Wunders mächtig und dazu gewillt, es für fremde Wesen zu wirken.

Drittens ließen diese sich ihre Dienste in Form von hohen Spenden vergüten, die sich nur die wenigsten leisten konnten.

Die Erzbischöfin lächelte, als sie Goblin Slayers Blick bemerkte, und sagte: »Ich werde dir die Gebühr von der Belohnung abziehen. So ist es normal unter Abenteurern, nicht wahr?«

»Wieso hast du so etwas für einen normalen Abenteurer wie mich gemacht?«

»Hi hi … Was für eine Frage … Du trägst den Silber-Rang, den dritthöchsten Rang aller Abenteurer.«

Goblin Slayer wusste nicht, was er darauf antworten sollte. Es kam häufiger vor, dass er auf seinen Rang hingewiesen wurde, aber für ihn war er nichts Besonderes.

Die Jungfrau des Schwertes musste zufrieden kichern, als sie bemerkte, dass dem Abenteurer keine passende Antwort einfiel. Doch nach einem kurzen Moment der Stille verdunkelte sich ihr Gesichtsausdruck und sie entfernte ihre schwarze Augenbinde, die sie bisher immer vor dem Abenteurer und seinen Kameraden getragen hatte. Als würde sie mit jemand anderem sprechen, murmelte sie: »Man kann mich sowieso nicht mehr als rein bezeichnen …«

Zum ersten Mal blickte Goblin Slayer ihr in die Augen. Jemand musste sie geblendet haben. Es war als würde sie in die Ferne starren. Nüchtern fragte er: »Goblins?«

»Ja.« Die Erzbischöfin nickte. »Es ist mittlerweile zehn Jahre her. Es passierte, als ich noch eine Abenteurerin war. Goblins zerrten mich in eine Höhle … Willst du hören, was sie mit mir gemacht haben?«

»Nein, ich weiß es eh.«

Als Reaktion auf Goblin Slayers unempathische Antwort gab die Jungfrau des Schwertes ein kurzes Kichern von sich. »Es tat weh … Es tat so weh. Ich habe geweint wie ein kleines Mädchen.«

Sie strich sich mit einer ihrer narbigen Hände über die Schenkel, als wollte sie sich selbst beruhigen. »Aber weißt du, ich kann sie sehen. Sie ist verschwommen, wie ein Schatten von dir.«

Sanft streckte sie die Finger in Richtung des Abenteurers aus. »Sie ist überall, aber wenn ich kurz wegschaue, verschwindet sie sofort. Diese schattenartige Gestalt.«

Goblin Slayer verstand nicht wirklich, was die Jungfrau des Schwertes ihm damit sagen wollte, und entschied sich deshalb, nichts darauf zu antworten. Er ließ den Blick durch den Raum gleiten und erkannte in einer Ecke seine Ausrüstung. Teile davon waren so stark lädiert, dass ihm wahrscheinlich nichts anderes übrigbleiben würde, als sie reparieren zu lassen.

»Gibt es hier eine Werkstatt oder einen Waffenhändler?«

Die Jungfrau des Schwertes ignorierte seine Frage und starrte weiter auf die schattenartige Gestalt, die nur sie wahrnahm.

»Menschen sind schwache Wesen.« Das Bett quietschte leicht, als sie sich an den Körper des Abenteurers schmiegte.

»Im Antlitz all der dunklen Mächte dieser Welt fühle ich mich erdrückend schwach.« Im Gegensatz zu ihren Fingern fühlte sich ihr wohlgeformter Körper angenehm warm an. Goblin Slayer stieg ein süßlicher Rosenduft in die Nase. »Ich fühle mich unsicher. Ich habe Angst. Ist es nicht seltsam? Obwohl ich die Jungfrau des Schwertes bin, habe ich jeden Abend fürchterliche Angst. Ich fürchte mich so sehr, dass ich es kaum aushalten kann.«

Immer noch an Goblin Slayer gelehnt umschlang sie sich selbst so fest, dass ihre Kleidung verrutschte. Der Krieger bekam mehr als nur einen Teil ihrer Schulter zu sehen. Jemand anders hätte sicherlich seine Probleme gehabt, sich zu kontrollieren, aber den Krieger schien es nicht im Geringsten zu interessieren.

»Es ist eine fürchterliche Welt. Und auch wenn es Wesen gibt, die mir helfen können, können andere mich wahrscheinlich nicht verstehen, oder ...?«

»Ist das so?«, erwiderte der Abenteurer in seinem typisch nüchternen Tonfall.

»Hi hi hi ...« Die Erzbischöfin musste amüsiert und gleichzeitig enttäuscht lachen.

»Was ist so lustig?«

»Es ist schon seltsam, oder? Dabei habe ich einst den Dämonenfürsten zurückgeschlagen ...« Sie erhob sich vom Bett und richtete ihre Kleidung. Dann nahm sie die schwarze Augenbinde und verband sich die Augen. Jetzt, wo sie wieder so vor Goblin Slayer stand, war es kaum zu glauben, wie sie sich vor einigen Sekunden verhalten hatte. »Sag, willst du mich nicht retten?«

Wieder einmal wusste der Abenteurer nicht, was er antworten sollte. Er schaute zu, wie die Erzbischöfin sich umdrehte und langsam davonging. Sie verschwand durch eine Tür, die sie behutsam hinter sich schloss.

Goblin Slayer stieß einen langen Seufzer aus und löste sich vorsichtig aus dem Griff der immer noch schlafenden Priesterin. Während er mit schweren Schritten zu seiner Ausrüstung stapfte, wachte sie jedoch auf.

»Mhm ...?« Schläfrig blinzelnd setzte sie sich auf und als ihr Blick auf den von Goblin Slayer traf, lief sie schlagartig tiefrot an. Hastig zog sie die Bettdecke hoch, um ihre nackte Brust zu verdecken. »Wie? Äh, ich, ähm ... Hast du alles gesehen?«

Goblin Slayer war mittlerweile bei seiner Ausrüstung angekommen und antwortete seelenruhig: »Ja, aber sei unbesorgt. Es
ist keine Narbe zurückgeblieben.«

Wortlos ließ die Priesterin den Kopf hängen. Goblin Slayer
machte sich währenddessen daran, sich die Teile seiner Ausrüstung anzuziehen, die er noch gebrauchen konnte. Das Kettenhemd und sein Unterhemd waren zum Glück unversehrt geblieben, aber seine Lederrüstung war hinüber.

»Ge... Geht es dir wieder gut?«, fragte die Priesterin und stand
aus dem Bett auf.

»Ja«, antworte Goblin Slayer, ohne sich zu ihr umzudrehen.
Sie nutzte die Chance und zog sich hastig an. Während ihr Kettenhemd immer noch ein großes Loch hatte, war der Rest ihrer
Kleidung fein säuberlich geflickt worden. Da sie sich, den Lehren
der Erdmutter folgend, nicht schminkte, war sie im Handumdre-
hen fertig.

»Solltest du dich nicht lieber noch etwas ausruhen, Goblin
Slayer?«

»Warum fragst du?«

»Irgendwie bist du anders als sonst ...«

»Nein«, erwiderte dieser und griff zu seinem Helm. Er inspi-
zierte ihn kurz und setzte ihn dann auf. »Ich bin wie immer.«

Er musste sich neue Ausrüstung besorgen, sonst könnte er
sich nicht um den Rest der Goblins unter der Stadt kümmern.

»Hier, oder?!« Mit einem lauten Krachen flog die Tür des
Raums auf und die sichtlich aufgedrehte Elfe trat ein. »Ich habe
gehört, dass ihr wieder wach seid! Alles in Ordnung?«

Der über beide Ohren grinsenden Waldläuferin folgten der Zwerg und der Echsenmensch.

»Sie sehen wieder fit aus. Sowohl Bartschneider als auch das Mädel.«

»Das ist gut zu hören. Da waren wir wohl noch gerade rechtzeitig.«

Goblin Slayer beäugte seine Kameraden und fragte: »Bei euch alles gut?«

»Du sorgst dich um uns, Orcbolg?!«, wunderte sich die Elfe.

»Was ist mit dem Kanarienvogel?«

»Dem geht es gut! Bei dir war es aber am gefährlichsten.« Als die Elfe das Bett sah, sagte sie: »Was für ein Luxus!«, und warf sich darauf. »Aber nur mal so, wusstest du, dass die Priesterin die ganze Zeit geheult und nach dir geschrien hat, nachdem du umgekippt bist? Das war echt schrecklich!«

»Mo... Moment mal! Du hast versprochen, das nicht zu verraten!« Die Priesterin wurde rot wie eine Tomate und versuchte armewedelnd alles abzustreiten.

»Wenn ich ihm nicht davon erzähle, versteht er das Ganze doch nicht!«

Vergnügt leckte der Echsenmensch sich über die Schnauze und sagte: »Wie dem auch sei, wir müssen unsere Erkundungen fortsetzen und den Champion erledigen, aber wahrscheinlich sollten wir vorher noch unsere Ausrüstung ausbessern lassen ...«

»Schuppiger, du Idiot ... Erst mal brauchen wir was zwischen die Zähne. Ich bin schon ganz abgemagert.«

»Zwerg, pass lieber auf, dass dein Gürtel nicht bald reißt.«

»Ha! Wenn du wüsstest! Ich bin ein echter Prachtzwerg!«

»Dass ich nicht lache!«

Und schon lagen der Zwerg und die Elfe sich wieder in den Haaren, als wäre nichts passiert.

»Ihr habt alle noch nicht gegessen, oder?«, fragte Goblin Slayer in die Runde.

»Nein«, antwortete die Priesterin. »Ich musste doch beim Wirken des Wunders helfen.«

»Nein, aber …«, wollte Goblin Slayer entgegnen, aber die Priesterin unterbrach ihn.

»Hast du etwa unser Versprechen vergessen? Wir wollten doch alle zusammen essen gehen, wenn wir zurück sind.«

»Hm …«

»Daran mussten wir uns doch halten!«

Wenn ein Abenteurer sich bei einem anderen einmischt

»Ach, scheiße. Mir tut der Hintern weh. Pferdewagen sind echt nichts für mich. Ich war mit ihr bereits auf vielen Abenteuern und ich sage euch, als Abenteurer reist man am besten zu Fuß.«

»Hm … Ah … Wir sind mit einer Lieferung betraut. Solche Aufträge bekommt man halt auch … Und ihr Mädels? So allein auf Abenteuer zu gehen ist doch gefährlich, oder nicht?«

»Wie ich das meine? Nun ja, ihr könnt nicht reiten und dann ist da die Sache, die ihr jeden Monat kriegt, was heißt: Ihr müsst viele Pausen einle… Hrmpf!«

»Hey, verdammt! Wer zaubert hier plötzlich ›Spinnennetz‹?!«

»Ich entschuldige mich für sein rüpelhaftes Verhalten … ja?«

»Ja, ja … Es tut mir leid … Aber wenn ihr nur drei Mädchen in der Gruppe seid, solltet ihr wirklich wachsam sein. Nicht nur wegen Monstern und Banditen. Es gibt auch ziemlich üble Typen unter uns Abenteurern.«

»Nein, nicht so Typen wie mich! Ich meine solche, die behaupten, dass sie euch helfen wollen, und euch dann das Geld für Lehrstunden oder ähnlichen Schwachsinn aus der Tasche ziehen!«

»Es gab schon immer schräge Typen, aber heutzutage ist es besser als früher. Vor nicht allzu langer Zeit wurden Neulinge noch in der Schänke verprügelt und nackt ausgezogen!«

»Das war aber vor zwanzig dreißig Jahren … okay?«

»Was stempelst du das jetzt als alte Geschichten ab? Ich will sie doch nur zur Vorsicht warnen! Abenteurer sind nicht alle schlechte Menschen, aber eben auch nicht alle gute.«

»Natürlich streiten wir Abenteurer uns untereinander! Und manchmal können Diskussionen dann eben nur mit Fäusten geführt werden!«

»Ja, manchmal sieht man welche von uns umringt von Frauen, aber für mich ist das nichts. Ich suche nach der wahren Liebe!«

»Hey! Wieso starrt ihr mich alle so an? Glaubt ihr mir etwa nicht?«

»Na, dann halt nicht. Passt trotzdem auf euch auf. In letzter Zeit sollen in der Stadt des Wassers schlimme Dinge passieren.«

»Ja, da er hier ist, geht es bestimmt um Goblins.«

Kapitel 8

Ein Lesezeichen setzen

Warme Sonnenstrahlen und eine kühle Brise: Es war ein herrlicher Tag in der Stadt des Wassers, durch deren Gassen Goblin Slayer und die Priesterin gerade marschierten.

»Schönes Wetter, oder?«

»Ja.«

Mit leicht gerötetem Gesicht trappelte die Priesterin hinter Goblin Slayer her und obwohl sie eine schwere Tasche trug, waren ihre Schritte überraschend leicht.

»Soll ich sie tragen?«, fragte der Krieger seine Begleiterin.

»Nein, ist schon gut!«, erwiderte diese mit einem Lächeln.

Goblin Slayer nickte, aber verlangsamte rücksichtsvoll seinen Schritt, sodass die Priesterin kurz darauf neben ihm gehen konnte. Sie schaute zu ihm hoch und wirkte dabei fast wie ein kleines Hündchen.

Die Passanten und Händler der Stadt warfen den beiden beim Vorbeigehen skeptische Blicke zu. Die Priesterin wollte Goblin Slayer eigentlich etwas fragen, verkniff es sich aber schließlich doch.

Er ist nun mal, wer er ist, und er stört sich bestimmt auch nicht daran. Ich sollte mir darüber nicht allzu viele Gedanken machen. Wie es den anderen wohl gerade geht?

Ihre Kameraden waren erneut in die Kanalisation gestiegen, um die Treppe zu untersuchen, die in dem Steinsarg versteckt gewesen war, und herauszufinden, wohin der Champion geflohen war. Bei ihrem gemeinsamen Essen hatten sie sich darauf geeinigt, dass Goblin Slayer und die Priesterin sich in der Zeit etwas ausruhen und sich neue Ausrüstung besorgen würden. Zum Erstaunen aller Anwesenden hatte der Krieger keine Einwände gehabt, wahrscheinlich weil er wusste, dass die Zeit auf der Seite der Goblins war.

Auf der Suche nach einem Schmied waren Goblin Slayer und die Priesterin zuerst zu der hiesigen Zweigestelle der Gilde gegangen, aber der Schmied dort hatte sie mit der Begründung abgewimmelt, dass er viel zu viel zu tun hätte. Deshalb liefen sie jetzt die Gassen der Stadt des Wassers auf der Suche nach einem geeigneten Laden ab.

Freudig versuchte die Priesterin immer wieder eine Unterhaltung mit Goblin Slayer ans Laufen zu bringen, doch dieser antwortete ihr mit nichts weiter als knappen Aussagen.

»Hoffentlich passiert den anderen nichts.«

»Ja.«

»Sind deine Wunden verheilt?«

»Ja.«

»Du warst noch viel schlimmer verletzt als ich.«

»Ja.«

»Bitte übertreib es nicht.«

»Ja.«

Mit einem »Hmpf« blieb die Priesterin stehen und blies wütend die Wangen auf. Goblin Slayer bemerkte dies erst, als er schon einige Schritte weitergegangen war. Er drehte sich zu ihr um und fragte: »Was ist?«

»Mensch, Goblin Slayer!« Sie lief mit ausgestrecktem Zeigefinger auf den Krieger zu. »Ich bin wütend!«

Sie versuchte einen möglichst wütenden Gesichtsausdruck aufzusetzen, wirkte aber alles andere als bedrohlich. Die Passanten warfen den beiden jetzt eher amüsierte als skeptische Blicke zu. Sie dachten sich wahrscheinlich, dass dies ein Streit unter Geschwistern war.

»Du antwortest mir mit nichts weiter als ›Ja‹.«

»Ist das so?«

»Ja, natürlich!«

»Ach so ...«

»Und ›ach so‹ sagst du auch zu oft.«

»Hm ...« Goblin Slayer verschränkte die Arme und brummte. Er schien wirklich ernsthaft nachzudenken, bis er nickte und sagte: »Ich werde mich bessern.«

»Ich bitte dich darum«, antwortete die Priesterin mit einem Kichern. Sie wusste, auf sein Wort war verlass, und glaubte ihm deshalb wirklich, dass er sein Bestes geben würde.

Zusammen setzten die beiden sich wieder in Bewegung.

»Du wolltest noch einige Dinge besorgen, oder?«

»Ja«, erwiderte er. Als er den fordernden Blick der Priesterin bemerkte, streckte er eine Hand aus um ihr zu signalisieren, dass er noch nicht fertig war. »Ich will mir Waffen und Rüstungen anschauen gehen. Was ist mit dir?«

»Ähm ...« Die Priesterin legte einen Finger auf die Lippen. »Willst du dich etwa mit mir absprechen?«

»Das war meine Absicht.«

»Oh, Mann ...« Sie musste seufzen. Es war schön, dass er Rücksicht auf sie nahm, aber er musste noch an der Art und Weise arbeiten, wie er es tat. »Mein Kettenhemd ist kaputtgegangen. Hoffentlich kann mir das jemand reparieren.«

»Es ginge schneller, ein neues zu kaufen«, antwortete Goblin Slayer gleichgültig.

»Das will ich aber nicht.«

»Warum?«

Die Priesterin drücke die Tasche wie etwas Kostbares an sich und sagte: »Als ich es mir gekauft habe, hast du mich das erste Mal gelobt.«

Goblin Slayer blieb kurz stehen und schaute sie kritisch an. Die Priesterin wandte den Blick verschämt ab.

»Erinnerst du dich nicht mehr? Du meintest, es sei nicht schön, werde mir aber Schutz vor ihren Klingen bieten.«

»Ach so ...«, antwortete er in gewohnt nüchternem Ton.

*

Dem Ausrüstungsladen, den die beiden schließlich fanden, schien es gut zu gehen. Er war gut besucht und aus den hinteren Bereichen des Ladens hörte man, wie etwas mit einem Hammer auf einem Amboss bearbeitet wurde. Im Verkaufsraum wurden die verschiedensten Waffen und Rüstungsgegenstände präsentiert.

»Wow ...« Die Augen der Priesterin strahlten, während sie den Blick über die verschiedenen Gegenstände schwenkte. So viele Waffen, die sie noch nie gesehen hatte, und Rüstungen, bei denen sie sich nicht im Geringsten vorstellen konnte, wie man sie tragen sollte. Als sie schließlich eine Waffe erblickte, die sie kannte, nahm sie sie mit einem »Oh …« in die Hand. »Ein Flegel wäre vielleicht auch nicht schlecht.«

Ein Flegel war ein Stab, an dessen Spitze mit einer Kette ein Gewicht befestigt war. Es war eine Waffe, die aus Dreschwerkzeug entstanden war. Da es einige Priester im Tempel der Erdmutter gab, die Flegel benutzten, kannte die Priesterin diese Waffe.

»Kaufst du ihn?«, fragte Goblin Slayer.

Sie dachte kurz nach. In erster Reihe mitkämpfen wollte sie nicht, und zur Verteidigung besaß sie bereits ihren Priesterstab.

»Ich verzichte lieber …«, sagte sie, legte den Flegel vorsichtig zurück und näherte sich dem Besitzer des Ladens, der hinter einem Tresen stand.

»Ähm, Entschuldigung …«

»Hm?«

Als der Besitzer sich zu ihr umdrehte, legte die Priesterin nervös die Hände zusammen. Er war ein junger Mann von ungefähr zwanzig Jahren, aber besaß eher die Ausstrahlung eines Fünfzigjährigen. Er trug saubere Kleidung und war gut frisiert, doch seine Art hatte etwas Kühles und Distanziertes an sich.

»Oh, willkommen. Um was geht es denn?«

»Ähm … Um die Reparatur dieses Kettenhemds.«

Die Priesterin reichte dem Besitzer ihr Kettenhemd, der es ohne Umschweife ausbreitete. Nachdem er eine Hand durch das Loch gesteckt hatte, seufzte er und sagte: »Hm … Da ist ein ziemlich großes Loch drin. Sollten Sie das nicht besser ersetzen?«

»Nein, es soll repariert werden …«

»Ja … Eine Reparatur also …« Kritsch musterte er die Priesterin von oben bis unten. »Wenn ich schon dabei bin, könnte ich es auch in der Größe anpassen.«

»Ne… Nein, danke.«

Mit hochroten Wangen schüttelte die Priesterin den Kopf. Vielleicht war sein Verhalten hier normal, aber in der Stadt im Grenzland wäre es undenkbar gewesen. Es musste wohl daran liegen, dass sie auf ihn wie eine Anfängerin wirkte, was sie unheimlich frustrierte.

»Reparieren«, erklang eine herrische Stimme hinter ihr.

Beim Anblick von Goblin Slayer stieß der Verkäufer zuerst nichts weiter als ein »Urgh« aus, doch dann fiel sein Blick auf das Abzeichen um seinen Hals. »Ein Silber-Rang …«

»Diese Lederrüstung und diesen Rundschild. Zusammen mit dem Kettenhemd. Es ist eilig.«

»Ähm, soll ich sie auch putzen? Was ist mit dem Griff des Schilds?«

»Sie müssen nicht gereinigt werden. Den Griff habe ich entfernt.«

»Und die Bezahlung? Ähm, wenn es schnell gehen soll …«

»Hier.«

Ohne zu zögern warf Goblin Slayer einen Lederbeutel auf den Tresen. Der Ladenbesitzer schaute hinein und erkannte, dass er voll mit Goldmünzen war.

»Vi… Vielen Dank!«

»Zeig mir eure Schwerter.«

»Ach, ähm, ich hätte ein Schwert aus Mithril für Sie!«

»Brauch ich nicht.«

Stapfend ging Goblin Slayer zu einem Fass, in dem unterschiedliche Schwerter steckten und zog eins heraus. Es war ein normales Langschwert mit zweischneidiger Klinge.

»Ach, wenn Ihnen diese Art Schwert besser gefällt, dann vielleicht eine meisterhaft von Zwergen geschmiedete Klinge …«

»Das hier ist zu lang.«

Goblin Slayer steckte das Schwert zurück ins Fass und griff als Nächstes zu einem Kurzschwert mit einseitiger Klinge.

»Liegen Ihnen also eher Kurzschwerter? Wie wäre es dann mit einer verzauberten Klinge, die erst kürzlich in einer Ruine gefunden wurde?«

»Verzaubert?«

»Ja, richtig.« Die Stimme des Verkäufers überschlug sich. »Sie wird nie stumpf und warnt mit einem Geräusch vor sich nähernden Feinden …«

»Brauche ich nicht«, unterbrach der Krieger ihn. »Das hier werde ich nehmen. Es ist etwas lang, aber ich werde es abschleifen. Ich benutz dafür euren Schleifstein.«

»A… Aber damit könnte man doch höchstens einen Goblin erlegen …«

»Genau dafür brauche ich es.«

Der Verkäufer wusste nicht, wie er darauf reagieren sollte, und machte ein komisches Gesicht. Goblin Slayer störte das jedoch nicht im Geringsten und er stapfte zum Schleifstein des Ladens. Die Priesterin, die das ganze beobachtete, musste leicht grinsen.

*

»Hi hi hi!«

»Was ist?«

Goblin Slayer und die Priesterin waren gerade dabei, den Laden zu verlassen. Draußen herrschte wie schon am Vormittag bestes Wetter, und das Plätschern des Wassers in den Kanälen sorgte für eine angenehme Atmosphäre.

»Goblin Slayer … du bist echt … I… Ich weiß, dass ich nicht lachen sollte, aber …« Der Priesterin kamen vor Lachen die Tränen. Sie machte die Stimme von Goblin Slayer nach, wie er dem Verkäufer erklärt hatte, warum er die Klinge so sehr abschliff: »Da ich es wegwerfe oder nach Gebrauch fallen lasse, ist das alles kein Problem!«

»Aber es entspricht doch der Wahrheit.«

»Der Verkäufer war trotzdem echt geplättet.«

»War das so?«

»Ja.«

Die Priesterin schaffte es endlich, sich wieder einzukriegen. Die Lehren der Erdmutter erlaubten es eigentlich nicht, sich so über das Verhalten anderer Wesen zu amüsieren, aber sie hatte es einfach nicht mehr ausgehalten. Leise murmelte sie: »Ein wenig ist doch in Ordnung, oder?«

»Lecker Eiscreme! Wahrlich schmackhafte Eiscreme!« Ein Händler auf der anderen Seite der Straße schwang eine kleine Glocke und pries lautstark seine Waren an.

»Wovon redet er da?«, fragte Goblin Slayer verwundert und beobachtete, wie eine Gruppe von Kindern freudig auf den Stand des Mannes zustürmte. Er konnte es nicht genau erkennen, aber er vermutete, dass dort Süßigkeiten verkauft wurden. Als er sich der Priesterin zuwandte, sah sie ihn bereits mit strahlenden Augen an.

»Willst du diese Eiscreme mal probieren?«

»Ja, sehr gern! Vielen Dank!« Mit einem strahlenden Grinsen verbeugte sich das Mädchen. Es war ihr ein wenig peinlich, sich unter die Kinder zu mischen, aber eigentlich war sie mit fünfzehn ja auch nicht viel älter als diese. Nachdem sie bezahlt hatte, reichte der Händler ihr eine weiße Kugel, die in einer Schale aus hart gebackenem Keks serviert wurde. Auf der Kugel thronte eine rote Kirsche, die der Süßigkeit etwas Farbe gab. Die Priesterin kratze etwas von der Speise mit ihrem Löffel ab und steckte es in ihrem Mund.

»Oh! Wow!« Sie musste sofort grinsen. »Es ist wunderbar erfrischend und süß!«

»Schmeckt es?«

»Ja, sehr! Im Tempel konnte ich nur selten süße Dinge essen!«

»Hm … Eine gefrorene Süßigkeit …«

Interessiert näherte Goblin Slayer sich dem Stand und sah, dass der Händler das Eis in einem gut gekühlten metallenen Behälter aufbewahrte. Der Abenteurer konnte keine Spuren von Magie erkennen und auch der braungebrannte Händler wirkte nicht auf ihn wie jemand, der Magie wirken könnte.

»Das ist kein Zauber, oder? Wie wird es denn hergestellt?«

»Was genau dahintersteckt, weiß ich auch nicht«, antwortete der Verkäufer willens. »Ein Wissenschaftler hat herausgefunden, dass man etwas gut kühlen kann, wenn man ein Feuermittel mit Wasser mischt. Wenn man mithilfe dieser Methode Alkohol kühlt, schmeckt er großartig. Auch gekühlte Früchte schmecken fantastisch.«

»Hm …«

»Und als ich das alles hörte, kam ich auf die Idee, dass gefrorene Milch auch lecker sein könnte.«

»Ich verstehe. Wirklich interessant.«

Die Priesterin dachte kurz, dass sie träumte. Goblin Slayer wirkte gerade wie ein kleines Kind, dem man das Geheimnis hinter einem Zaubertrick verraten hatte. Sie hatte ihn noch nie so gesehen.

Der Krieger reichte dem Händler währenddessen ein großes Goldstück und sagte: »Behalte das Wechselgeld. Eine Portion bitte.«

»Ja, vielen Dank!«, antwortete der Verkäufer fröhlich und bereitete ihm mit geübten Handgriffen eine Portion zu. Goblin Slayer schaute gespannt zu.

»Hi hi hi.«

Verwirrt drehte Goblin Slayer sich zu der Priesterin um. »Was denn?«

»Ich glaube, ich verstehe jetzt, warum du so viel weißt.«

Nachdem er seine Portion erhalten hatte, schlug sie vor, dass die beiden sich setzten, und so gingen sie zusammen zu einer Bank am Straßenrand. Dort löffelten sie beide in Ruhe ihr Eis.

Als die Priesterin mit ihrer Portion fertig war, beobachtete sie Goblin Slayer dabei, wie er sich Häppchen für Häppchen des Eises durch einen Spalt in seinem Helm schob. Sie genoss diesen

Moment unheimlich. Warmes Sonnenlicht wärmte ihren Körper und eine leichte Brise lies ihre Haarspitzen tanzen. Kinder rannten spielend vorbei und Passanten unterhielten sich freudig über alltägliche Dinge.

»Es ist seltsam, oder?«, sagte die Priesterin mit verträumter Stimme. »Wenn man das Treiben hier so beobachtet, würde man nie denken, dass direkt unter ihnen Goblins leben.«

»Ja.«

»Bestimmt gibt es einige, die von den Vorfällen gehört haben ...«

... aber es scheint sie nicht zu stören, beendete die Priesterin ihren Satz in Gedanken.

»Als ich klein war«, murmelte Goblin Slayer plötzlich, »hatte ich einmal Angst, dass die Erde unter mir aufbrechen würde, sobald ich mich bewegte.«

Die Priesterin hielt unbewusst den Atem an, während sie Goblin Slayer zuhörte.

»Also habe ich mich eine ganze Zeit lang nicht bewegt.« Während er redete, kullerte die Kirsche von der Spitze seiner halb gegessenen Eiskugel herab. »Meine Angst war nicht unberechtigt, aber niemand sonst hat sich solche Sorgen gemacht. Ich fand es wirklich seltsam.«

Obwohl die Priesterin sein Gesicht nicht sehen konnte, hatte sie das Gefühl, Goblin Slayer würde gerade leicht lächeln.

»Alle haben darüber gelacht, auch meine Schwester. Irgendwann bemerkte ich dann allerdings, dass ich mich bewegen muss, und tat es wieder.«

»Ich verstehe.«

»Ja …« Ein Windstoß ließ die Blätter der nahestehenden Bäume rascheln. »Auch jetzt habe ich große Angst.«

Wovor sagte er aber nicht und auch nicht warum. Sie hatten sich erst vor wenigen Monaten kennengelernt, aber sie war seitdem ständig an seiner Seite gewesen, weshalb sie in diesem Moment wusste, dass sie besser nicht nachfragen sollte.

»Ich bin dankbar, dass du mir hilfst«, sagte Goblin Slayer, während er in die Ferne blickte, »aber das musst du nicht tun.«

Die Priesterin nahm sich seine Kirsche und steckte sie sich den Mund. In dem süß-sauren Fruchtfleisch spürte sie den harten Kern. Trotzig antwortete sie: »Du hast doch gesagt, dass ich tun und lassen soll, was ich will, oder?«

»War das so?«

»Ja, war es … Du bist wirklich unverbesserlich.«

Goblin Slayer war sich nicht sicher, was er darauf sagen sollte, und richtete seinen Blick in den blauen Himmel. Die Priesterin spielte währenddessen mit dem Stiel der Kirsche zwischen ihren Lippen.

»Tut mir leid«, sagte der Krieger, nachdem er eine Weile geschwiegen hatte.

»Das will ich nicht von dir hören.«

»Auch das tut mir leid …«

»Ist schon gut. Es ist nicht so, als hätte ich selbst keine Angst …«

Die Priesterin bemerkte, dass ihr ein Tropfen von dem Eis auf die Hand getropft war, und schleckte es ab. Dann machte sie sich daran, die durch die geschmolzenen Eisreste weich gewordene

Waffelschale zu essen. Als sie fertig war, stand sie auf und wandte sich an Goblin Slayer.

»Na gut. Wollen wir geh…«

»Goblin Slayer, da bist du ja!« Eine bekannte Stimme unterbrach sie. Verwundert drehte sie sich um. Vor ihr stand der Speerkämpfer in seiner blauen Rüstung. »Glaubst du etwa, ich wäre ein Briefbote?! Ich werde mich bei der Gildenangestellten über dich beschweren!«

»Wieso das denn?«

»Anstatt dich um deinen Auftrag zu kümmern, amüsierst du dich hier mit einem Mädel!«

»Und? Wir haben uns neue Ausrüstung besorgt.«

Wie immer versuchte er sich mit Goblin Slayer anzulegen, aber der ließ ihn in gewohnter Manier abblitzen. Während die Priesterin sich verlegen umschaute, begann die Hexe, die den Speerkämpfer begleitete, zu kichern.

»Hi hi hi …« Sie richtete den Blick auf die Priesterin. »Es geht dir gut … So ein Glück …«

»Äh, ja.« Die Priesterin verbeugte sich aufgeregt. »Ähm … Seid ihr wegen eines Auftrages hier?«

»Ja … ein Auftrag. Deswegen sind wir hier …« Die Hexe holte ihre lange Pfeife hervor und drehte sie für einen kurzen Moment zwischen den Fingern, bevor sie sich diese zwischen die Lippen steckte. Sie entzündete sie mit ihrer Magie und ein süßlicher Tabakgeruch verbreitete sich in der Luft.

»Los …«, sagte die Hexe und verpasste dem Speerkämpfer einen leichten Stoß in die Seite.

Der schnalzte laut mir der Zunge und reichte Goblin Slayer ein kleines Paket. »Wehe du lässt mich noch mal so etwas durch die Gegend tragen!«

Der Krieger wog das Päckchen kurz in der Hand und steckte es dann in seine Tasche. »Unter den Abenteurern, die ich kenne, bist du nun mal der flinkste und vertrauenswürdigste. Du hast mir sehr geholfen.«

»Grrrr!«

»Hi hi hi …«

Die Hexe begann erneut zu kichern und erntete wütende Blicke ihres Kameraden. Natürlich interessierte sie das genauso wenig wie Goblin Slayer und sie kicherte einfach weiter.

»Habt ihr genug Leute?«, fragte der Speerkämpfer und wandte sich wieder Goblin Slayer zu. »Für eine Belohnung helfe ich euch.«

»Nein, es wird schon irgendwie.«

»Wie du meinst … Nur mal so: Hättest du das Zeug nicht hier kaufen können?«

»Die Ware hier ist zu grobkörnig«, antwortete der Krieger. »Sie muss fein sein.«

»Wofür willst du das überhaupt benutzen?«

»Das fragst du noch?« Jetzt begann auch die Priesterin zu kichern. »Um Goblins zu töten.«

Er war wirklich unverbesserlich.

*

©Noboru Kannatuki

Nachdem sie sich von den beiden verabschiedet und noch einige Dinge eingekauft hatten, machten die Priesterin und Goblin Slayer sich auf den Rückweg. Die Sonne stand mittlerweile schon im Begriff unterzugehen, und die Schatten der beiden wurden immer länger.

Ohne einen besonderen Grund dafür zu haben, schaute die Priesterin zu Goblin Slayer auf und dachte: *Ob ich ihn wohl jemals einholen werde?*

Sie war nur auf dem Obsidian-Rang und damit noch weit davon entfernt, mit dem Silber-Rang-Abenteurer auf einer Stufe zu stehen. Es waren bereits einige Monate vergangen, seitdem sie auf den Krieger getroffen war. Auch wenn sie das Gefühl hatte, dass sie ihn mittlerweile einigermaßen verstand, musste sie noch viel über ihn lernen.

Während die Priesterin vor sich hin grübelte, kamen sie ihrem Ziel, dem Tempel des Rechts, immer näher. Als hätten sie sich abgesprochen, warteten dort auch schon ihre drei Kameraden auf sie.

Als die Priesterin sie sah, eilte sie zu ihnen und rief freudig: »Ihr seid wieder da!«

Die Elfe antwortete müde: »Ja! Das war echt kein Zuckerschlecken! Als wir zurückkamen, wart ihr beide noch nicht wieder da. Deswegen …«

»Deswegen wollten wir die Gelegenheit nutzen und euch entgegenkommen«, unterbrach sie der Zwerg, während er sich mit einer Hand durch den Bart fuhr und sich mit der anderen zufrieden auf den Bauch schlug. »Wir haben so einiges zu besprechen. Lasst uns beim Essen darüber reden. Ich bin am Verhungern!«

»Moment mal, Zwerg! Beim Essen über die Arbeit zu sprechen ist verboten! Verboten!«, keifte die Elfe empört.

»Weil du immer alles verbietest, mögen die Männer dich nicht.«

»Was soll das denn heißen?!«

»Also wirklich. Ihr beiden versteht euch echt gut«, kommentierte die Priesterin das Verhalten der beiden grinsend. Am Anfang hatte sie noch versucht, die beiden auseinanderzuhalten, aber mittlerweile genoss sie ihre Zankereien ein wenig.

Nachdem Goblin Slayer sich kurz das Treiben angeschaut hatte, wandte er sich an den Echsenmenschen.

»Wie ist die Erkundung gelaufen? Habt ihr etwas über die Goblins herausgefunden?«

»Nun ja … Wir sollten nicht im Stehen über diese Angelegenheit sprechen. Lasst uns in den Tempel gehen.«

»Ach, wenn das so ist, habe ich eine Idee«, mischte sich die Priesterin in die Unterhaltung der beiden ein. Sie reichte dem Echsenmenschen ihre Tasche, die nicht nur mit ihrer Ausrüstung, sondern auch mit Proviant für die ganze Gruppe gefüllt war. »Ich werde heute das Abendessen kochen und dann können wir in Ruhe darüber reden. Was denkt ihr?«

»Ich habe keine Einwände.«

»Ich auch nicht.«

Nachdem der Echsenmensch und Goblin Slayer ihrem Vorschlag zugestimmt hatten, spitzte die Priesterin die Lippen und hob einen Zeigefinger: »Aber ihr müsst über etwas anderes als Goblins reden, während ich koche.«

»Hm …«

»Ha ha ha ha!« Der Echsenmensch klopfte Goblin Slayer aufmunternd auf die Schulter. »Ab und an muss man in einer Gruppe auch auf die Meinung seiner Kameraden hören. Kommt ihr beiden. Wir gehen.«

Die Elfe und der Zwerg hörten auf sich zu streiten und setzten sich zusammen mit dem Echsenmenschen in Bewegung. Die Priesterin wollte ihnen folgen, aber bemerkte, dass Goblin Slayer still dastand. Allein im Licht der Abendsonne hatte er etwas von einem verträumten Kind, das es verpasst hatte, rechtzeitig nach Hause zu gehen.

»Goblin Slayer, kommst du?«

»Kameraden …«

Er war sich unsicher, was dieses Wort wirklich bedeutete. Mehrmals murmelte er es vor sich hin, bevor er sich an den Klang gewöhnte. Dann richtete er seinen Blick auf die Priesterin.

»Sind wir Kameraden?«

»Scheiße! Scheiße! Scheiße, Scheiße, Scheiße! Verdammter Gygax!«

»Was für ein grässlicher Patzer! Wie konnte das passieren?! Wie konnten sie nur den Ort der Kapelle herausfinden?!«

»Wir haben ein Lager unter der Stadt errichtet und die Goblins Opfer für das Wiederbelebungsritual sammeln lassen. Sie hätten sich einfach nur auf das Verschleppen von Frauen konzentrieren sollen!«

»Wäre bloß diese Erzbischöfin nicht mehr am Leben! Sie ist komplett verdorben, aber nennt sich trotzdem Jungfrau … Pah! Sie wird bereuen, was sie vor zehn Jahren getan hat!«

»Aber wie konnte es sein, dass alle Goblins abgeschlachtet wurden? Wo genau lag mein Fehler? Der Plan war doch perfekt!«

Nein, dein Plan war unzureichend.

»Oh?! Das ist die Stimme meines ehrwürdigen Gottes! Bitte erhöre die Bitte deines erbärmlichen Dieners und schenke ihm Kraft!«

Nein … Du wirst schon sehen.

»Hm?!«

»Hey! Bis hierhin und nicht weiter! Das wollte ich schon immer mal rufen!«

»Ich versteh nicht, warum wir für den Auftritt einen Überraschungsangriff aufgeben mussten.«

»Der Auftritt ist wichtig. Außerdem zieht sie die Angriffe mit solchen Provokationen auf sich.«

»Ein schwarzhaariges Mädchen und zwei Frauen? Abenteurer?! Warum kennt ihr das Versteck unserer Glaubensgemeinschaft?!«

»Wir hatten einfach Glück.«

»Was?!«

»Eure Pläne wurden längst durchschaut.«

»Es gibt kein Entkommen!«

»Waren es die Weisen? Oder die Schwertheilige? Wie dem auch sei … Ihr seid Feinde des Dämonenfürsten! Deshalb müsst ihr sterben!«

»Die Heldin ist da!«

Kapitel 9

Ein Monster, dessen Namen man nicht nennen darf

»Das ist es, wovon ich gestern geredet habe«, sagte der Zwerg und zeigte auf etwas.

Die Gruppe um Goblin Slayer befand sich erneut in den Tunneln unter der Stadt des Wassers. Um genauer zu sein, waren sie die Treppe hinuntergegangen, die in dem Steinsarg versteckt war, und jetzt standen sie vor einer Halle, die an eine Kapelle erinnerte. In ihr befanden sich steinerne Bänke und im hinteren Bereich ein Altar, über dem ein gewaltiger Spiegel hing. Seine Oberfläche wirkte, als würde sie sich leicht bewegen.

»Was ist das?«, murmelte die Priesterin leise.

»Ich weiß es nicht, aber es sieht aus wie ein Augapfel«, antwortete die Elfe.

Mitten in der Halle schwebte ein merkwürdiges Wesen. Es war ungefähr so groß wie ein Mensch und bewegte sich nicht vom Fleck. Die geometrisch korrekt geformte Pupille des Monsters war blutunterlaufen und zuckte hin und her. Dort, wo bei einem normalen Auge das Augenlied sein müsste, waren mehrere Tentakel, die sich langsam hin und her bewegten. Am Ende von jedem dieser Auswüchse befand sich ein weiteres Auge, die wie kleine Kopien des größeren aussahen und mysteriös leuchteten.

Die Reißzähne des Wesens erinnerten an die einer wilden Raubkatze. Seinem Anblick zufolge war davon auszugehen, dass es Wesen der sprechenden Völker gegenüber nicht freundlich gesinnt war, aber obwohl die Abenteurer bereits mehrmals in seinem Sichtfeld gewesen waren, hatte es nicht reagiert.

»Es muss ein Wesen des Chaos sein«, sagte der Echsenmensch. »Es zu besiegen sollte uns Ruhm bescheren. Auch wenn seine Art unbekannt ist.«

»Es ist ein Monster, dass man nicht beim Namen nennen sollte«, murmelte der Zwerg und zuckte mit den Schultern.

Während ihre Kameraden sich unterhielten, schaffte die Priesterin es nicht, ihren angsterfüllten Blick von dem Wesen abzuwenden. Für Abenteurer gab es fast keine gefährlichere Aufgabe, als gegen unbekannte Monster zu kämpfen. Die Elfe, der Zwerg und der Echsenmensch waren auf dieses Wesen während ihrer Erkundungen am Vortag gestoßen und hatten sich entschlossen, es zusammen mit ihren Kameraden zu attackieren.

Was hat das noch mit dem Vertreiben von Goblins zu tun? Sollten wir nicht lieber noch einmal mit der Jungfrau des Schwertes darüber reden?, dachte sich die Priesterin.

»Das Ding kann heißen, wie es will«, unterbrach Goblin Slayer ihre Gedanken. »Ich bin hier, um Goblins zu töten.«

Der Zwerg musste laut lachen. »Ha ha ha, wie erwartet von dir, Bartschneider. Lasst es uns ›Großäugiges Monster‹ oder ›Betrachter‹ nennen.«

»Ja, gut.« Die Elfe nickte mit wackelnden Ohren. »Aber was machen wir jetzt mit dem?«

»Ich werde Schutzwall wirken«, sagte die Priesterin und umgriff fest ihren Stab.

Der Echsenmensch fuhr sich mit der Zunge über seine Schnauze. »Ich werde vorne mitkämpfen.«

Die Elfe legte einen Pfeil in ihren Bogen und spannte ihn. »Ich unterstütze euch natürlich mit meinem Bogen.«

»Was soll ich denn machen …«, murmelte der Zwerg und schaute hoch zur Decke der Halle. Baumwurzeln hatten sich mit der Zeit durch die Fugen gefressen und der Schamane sah dies als Zeichen dafür, dass sie sich nicht mehr direkt unter der Stadt befanden. Über der Erde musste der Wald sein, der den See umrandete, in dessen Mitte die Stadt des Wassers lag. »Wir sollten dafür sorgen, dass das Wesen uns nicht sehen kann.«

»Soll das ein schlechter Scherz sein?«

»Nein, Langohr. Ich meine das ernst.« Der Zwerg wedelte genervt mit den Händen.

Drachen spuckten Feuer, Harpyien sangen, Spinnen nutzten Gift und dieses Augenmonster würde sicherlich etwas mit seinen Augen machen. Es wäre geradezu töricht, seine Augen zu ignorieren.

»Ja«, sagte Goblin Slayer. »Hast du bereits eine Idee?«

Der Zwerg wühlte in seiner Tasche und antwortete: »Ich könnte ›Geisterwand‹ wirken.«

»Okay.«

Goblin Slayer überprüfte seine Ausrüstung. Man sah seiner Rüstung an, dass sie repariert worden war, aber sie saß wie gewohnt, was den Krieger zufrieden stimmte. Sein kleiner Schild war wie immer fest an seinem linken Arm befestigt und das abgeschliffene Schwert war bestens für den Kampf in dieser Halle geeignet. Der Eisenhelm war immer noch etwas verbeult, aber Goblin Slayer war sich sicher, dass er nach wie vor seinen Zweck erfüllen würde.

Jeder andere Abenteurer würde seine Ausrüstung als schäbig bezeichnen, denn selbst Anfänger waren meist bereits besser ausgerüstet als er. Goblin Slayer war das jedoch egal, denn für ihn war dies eine vollständige Ausrüstung.

»Du könntest ruhig etwas auf dein Äußeres achten«, sagte die Elfe kichernd.

»Das stimmt.« Nachdem die Priesterin kurz nachgedacht hatte, klatschte sie in die Hände. »Willst du nicht eine Feder oder so etwas an deinen Helm stecken, Goblin Slayer?«

»Kein Interesse«, antwortete der Krieger nüchtern.

Die Elfe sah, dass an seiner Hüfte eine Laterne schaukelte, und fragte: »Huch, heute ohne Fackel, Orcbolg?«

»Ich möchte etwas ausprobieren. Feuer würde stören.«

Nachdem alle Gruppenmitglieder bereit waren, rief Goblin Slayer: »Los!«

Die Abenteurer sprangen in die Halle. Goblin Slayer und der Echsenmensch stürmten vor, während die Elfe den Augapfel mit Pfeilen beschoss. Hinter der Elfe befanden sich der Zwerg und die Priesterin, die ihre Zauber und Wunder vorbereiteten.

Das Wesen richtete sofort seinen Blick auf die Eindringlinge, und die Instinkte der Priesterin schlugen Alarm. Sie festige den Griff um ihren Stab und begann zu beten: »Höchst barmherzige Erdmutter. Bitte beschütze uns Schwache mit deiner Er... Ah?!«

»BEBBEBEBEBEHOOOO!!«

Das Mädchen wurde aus seinem Gebet gerissen und hart nach hinten geschleudert. Es war, als hätte sie ein unsichtbarer Schlag getroffen. Die Elfe, die sich tänzelnd durch den Raum bewegte und einen Hagel aus Pfeilen auf den Gegner herabregnen ließ, sah dies und rief sofort: »Bist du okay?!«

»J… Ja …«, entgegnete die Priesterin keuchend. Der Augapfel hatte ihr Wunder irgendwie verhindert. Ihr Körper schmerzte durch den harten Aufprall, doch als sie erneut versuchte ein Wunder zu wirken, merkte sie, dass dies nicht ihr einziges Problem war. »Ich … Ich kann meine Wunder nicht einsetzen!«

Der erschrockene Ausruf des jungen Mädchens erreichte alle Ohren ihrer Gruppe und sie wussten, dass sie ein Problem hatten. Mit zwei Geistlichen und einem Schamanen bestand ihre Gruppe zu mehr als der Hälfte aus Magiewirkern.

»Das muss ›Entzauberung‹ sein!«, rief der Zwerg. »Bartschneider, kannst du ihm kurz die Sicht nehmen?«

»Alles klar.« Goblin Slayer zog aus seiner Tasche ein Ei hervor und warf es in Richtung des Monsters. Es flog in einem kleinen Bogen durch die Luft und traf die Bestie genau im Auge. Ein rotschwarzer Nebel breitete sich langsam aus.

»OOOOODEEARARARA?!?!«

Die Mischung aus Pfeffer und Schlangengift blendete die vielen Augen der Bestie und sie gab einen ohrenbetäubenden Schrei von sich.

»Jetzt bin ich dran!« Der Zwerg holte etwas Erde aus seiner Tasche und warf sie in die Luft. »Gnome, Gnome! Wehrt Wind und Wasser ab und bildet einen harten Schutz!«

Direkt nachdem der Zwerg den Spruch gesprochen hatte, formte sich aus der Erde eine kleine Mauer, die zuerst aussah wie ein Spielzeug, doch dann innerhalb weniger Sekunden zu einer stattlichen Größe heranwuchs. Mit einem Krachen fiel sie vor den Abenteurern zu Boden. Im Gegensatz zu dem Wunder Schutzwall handelte es sich bei Geisterwand um eine physische Mauer, die auch Blicke abwehren konnte.

»Was hältst du davon, du Bestie?«, rief der Zwerg mit einem hämischen Grinsen.

Der Nebel war mittlerweile verschwunden und das Wesen konnte wieder sehen. Es richtete die Tentakel mit den Augen auf die Geisterwand.

»BEEEHOOOOLLLL!!«

Blendende Lichtstrahlen schossen aus den Tentakelaugen hervor und bohrten sich in die beschworene Wand. Die Abenteurer konnten auf der anderen Seite sehen, wie bestimmte Stellen zu blubbern begannen, bevor vereinzelte Strahlen durchbrachen.

»Heiß!«

»Das ist nicht gut!«

Überrascht sprangen die Abenteuer in alle Richtungen davon.

»Das große Auge wirkt Entzauberung und die kleinen Augen wirken ›Zerfall‹!«, schrie der Echsenmensch seinen Kameraden zu. Er wusste nicht, was er tun sollte. Seine Schuppen boten ihm guten Schutz, aber Zerfall würden sie nicht standhalten können und aufgrund von Entzauberung würde er keinen Drachenzahnkrieger beschwören können.

»Das ist gar nicht gut!«, rief die Elfe. »Was machen wir?!«

»Zieht euch zurück!«, befahl Goblin Slayer seinen Kameraden. Er zog seinen Schild hoch und schützte die Priesterin mit seinem Körper, die hinter ihm zurück in den Gang lief, aus dem die Gruppe gekommen war.

»Verstanden!«, rief die Elfe und sprang in Richtung des Gangs.

»BEBEBEBEBEEEEHOO!!«

»Wa…?!«

Nur mit Mühe schaffte die Waldläuferin es, mitten in der Luft einem Strahl von Zerfall auszuweichen. Nichtsdestotrotz verlor sie einige Haarsträhnen, weshalb sie den Augapfel in der Sprache der Elfen beschimpfte. Wankend landete sie an Goblin Slayers Seite.

»Alles in Ordnung?«, fragte dieser.

»Alles gut. Danke.«

Auch der Echsenmensch und der Zwerg schafften es mehr oder minder elegant, den Strahlen auszuweichen, und stolperten zurück in den Gang.

»BEEHOHOHO …«

Nachdem die Abenteurer die Halle verlassen hatten, unterbrach das Auge seinen Angriff und kehrte schwebend auf seinen Platz in die Mitte des Raums zurück.

»Solange wir den Raum nicht betreten, scheint es uns nicht anzugreifen. Beschützt er diesen Ort?«, fragte die Priesterin vollkommen außer Atem.

»Trink erst mal einen Schluck Wasser.«

»Ah, da… danke.«

Die Elfe reichte der Priesterin ihren Wasserschlauch, die diesen dankend annahm und hastig ein Paar Schlucke nahm.

»Also kann ich Wunder wirken, wenn er mich nicht ansieht …«, murmelte das Mädchen nachdenklich.

»Er kann zaubern und wir nicht. Er scheint gerade die Überhand zu haben …« Der Zwerg ließ sich neben ihnen auf den Boden plumpsen.

»Ich hab eine Idee«, erwiderte Goblin Slayer, während er in seiner Tasche wühlte.

»Ich will dich nur daran erinnern. Feuer, Wasser und Gift sind Tabu!«, sagte die Elfe skeptisch.

»Nein, ich hab es schließlich versprochen.«

»Hmpf!« Die Ohren der Elfe zuckten leicht. »Dann ist's ja gut.«

»Nur zur Sicherheit: Wir sind hier nicht mehr unter der Stadt, oder?«

»Ich denke schon«, antwortete der Zwerg. »Über uns müsste der Wald sein.«

»Dann sollte es kein Problem sein.«

»Dann bleibt uns wohl keine andere Wahl.« Der Echsenmensch klatschte in die Hände. »Wir versuchen es mit Goblintöters Strategie.«

»Danke.« Goblin Slayer nickte leicht und drehte sich dann der Elfe zu. »Jemand muss ihn für mich ablenken. Kannst du seinen Blick auf dich ziehen?«

»Na klar!«, antwortete die Waldläuferin mit einem Grinsen.

Als Nächstes wandte der Krieger sich dem Zwerg zu. »Kannst du Trunkenheit wirken?«

»Von hier? Hm?« Der Zwerg streckte den Arm aus und schätzte die Entfernung zum Riesenauge. »Wenn ich die die Anzahl der Steinplatten nehme … Okay, okay. Das sollte gerade noch gehen!«

Goblin Slayer richtete seinen Blick auf den Echsenmenschen.

»Außerdem bräuchte ich einen Drachenzahnkrieger. Kannst du einen rufen?«

»Mir bereitet Entzauberung des Auges einige Sorgen …«

»Ich werde ihm die Sicht nehmen.«

Amüsiert rollte der Echsenmensch mit den Augen. »Dann sollst du ihn haben.«

»Auf meinen Befehl«, wandte sich Goblin Slayer zuletzt an die Priesterin, »versperrst du die Tür mit Schutzwall. Schaffst du das?«

Nachdem es einmal tief durchgeatmet hatte, antwortete das Mädchen: »Ja, keine Sorge. Überlass das mir!«

Einige Sekunden später gab Goblin Slayer dann den Befehl zum Angriff. Die Elfe sprang wie ein wildes Kaninchen durch die Halle und zog damit die Aufmerksamkeit des Auges auf sich. Die Tentakel begannen zu zucken und das Wesen gab einen furchterregenden Schrei von sich: »BEBEBEBEBEHOHOOOOOL!!«

Lautlos ließ es die Lichtstrahlen aus den Tentakeln hervorschießen und versuchte die Elfe zu treffen, doch diese war zu schnell.

Gar nicht so schlecht, dachte sich die Elfe und grinste, während sie den Angriffen des Auges wie eine Akrobatin auswich. Sie wusste, dass einige ihrer Schwestern und Cousins es wahrscheinlich besser als sie gekonnt hätten, aber sie hatte ja noch genug Zeit dazu, Erfahrung zu sammeln. Schließlich war die Zeit auf Seiten der Elfen – solang sie nicht unerwartet starben. Aber es war jetzt nicht an der Zeit, über die Zukunft nachzudenken, weshalb sie sich wieder auf das Ausweichen konzentrierte.

»OOOOOLLDER!!«

Dem Riesenauge gefiel es gar nicht, dass es die Elfe nicht treffen konnte, und es konzentrierte sich voll und ganz auf das herumhüpfende Geschöpf.

»Ha! Das Langohr ist gut in Form!« Der Zwerg stand im Eingang der Halle und beobachtete amüsiert seine Kameradin. Er wühlte in seiner Tasche und holte eine Tonflasche hervor, die mit Alkohol gefüllt war. Er zog den Korken aus der Flasche und nahm einen großen Schluck. Es schien ihn nicht zu stören, dass einige Tropfen in seinem Bart gelandet waren, und er spuckte den Alkohol in die Luft. »Trinke und singe, Geist des Weins! Singe, tanze und schlafe ein. Zeige mir die Träume eines Betrunkenen.«

Der ausgespuckte Alkohol verwandelte sich in einen Dunst, der sich langsam um das Auge legte.

»BE…DERRRR …?«

Schwankend sank es zu Boden und schloss die Augen.

»Wenn es einen nicht anstarrt, ist das alles ganz einfach«, sagte der Zwerg in angeberischem Ton und wischte sich mit dem Handrücken den Mund ab.

»Gut.« Goblin Slayer nickte dem Schamanen zu und rannte im nächsten Moment in die Halle. Seine Bewegungen waren nicht vergleichbar mit denen der Elfe, aber für einen Krieger in Ganzkörperrüstung bewegte er sich geradezu geschmeidig. Im Laufen holte er einen Beutel aus der Tasche und begann dessen Inhalt im Raum zu verteilen. Nach und nach verteilte sich ein feiner Dunst in der Luft.

»Orcbolg, was ist das?«

»Das ist Mehl. Nicht einatmen.«

»Ich habe keine Ahnung, was du vorhast, aber eine Warnung wäre nett gewesen!«

Ohne darauf zu antworten, zog Goblin Slayer weiter seine Bahnen durch den Raum und verteilte den Rest des Mehls. Als schließlich der Beutel leer war, konnte man keinen Meter weit im Raum sehen.

»Hey, Bartschneider! Langohr! Der Zauber wirkt gleich nicht mehr!«, warnte der Zwerg seine beiden Kameraden.

»Hierher, Orcbolg!«

Für die trainierten fünf Sinne der Elfe war es kein Problem, wenn ihr die Sicht genommen wurde. Goblin Slayer ließ sich von ihrer Stimme leiten und eilte aus der Kapelle heraus.

Als die beiden zurück waren, trat der Echsenmensch einen Schritt vor und warf einige Fangzähne auf den Boden. In wenigen Augenblicken setzten sich diese zusammen und wuchsen zu einem Skelettkrieger, der mit Schild und Schwert bewaffnet war. Unerschrocken stürmte dieser in die Halle und auf das Riesenauge zu.

»Werter Goblintöter, der Drachenzahnkrieger kann Zerfall nicht widerstehen.«

»Kein Problem«, sagte Goblin Slayer und wandte sich dann an Elfe. »Schieß einen Pfeil auf das Auge. Du musst es nur treffen.«

»Dann wird er komplett aufwachen«, entgegnete sie.

»Ist nicht schlimm«, entgegnete der Krieger und drehte sich der Priesterin zu. »Und du wirkst direkt darauf Schutzwall. Es hängt alles an dir. Klappt es nicht, sterben wir.«

Entschlossen hielt das Mädchen sich ihren Stab vor die Brust und antwortete: »J… Ja!«

Während sie einen Pfeil auf ihren Bogen spannte, murmelte die Elfe: »Der ist echt unsensibel …« Die Sehne aus Spinnenfäden knirschte, während sie sie so weit zurückzog, wie es nur ging. Sie richtete all ihre Sinne auf die Stelle, an der sie das Auge vermutete, und ließ los. Der Pfeil raste von der Sehne und durchtrennte den Dunst aus Mehl. Sie wusste, dass sie treffen würde. »Ich treffe!«

Hastig begann die Priesterin ihr Gebet: »Höchst barmherzige Erdmutter. Bitte beschütze uns Schwache mit deiner Erde!« Sofort legte sich ein unsichtbarer Schutzschild vor den Eingang zum Gang.

»Staub … Verschluss …« Der Zwerg riss die Augen auf. »Hey. Hey, hey, hey. Doch nicht etwa?«

Die Frage des Zwergs ignorierend rief Goblin Slayer seinen Kameraden zu: »Haltet euch die Ohren zu, macht den Mund auf und geht in Deckung!«

*

»BE…HOOLLLOOHOHOHO!!«

Ein Pfeil, der ihn an der Seite traf, weckte das Auge. Es konnte nichts bis auf einen Schatten erkennen, der auf ihn zugestürmt kam. Es musste einer der Eindringlinge sein. Das Auge zielte auf den Schatten und die Tentakelaugen begannen zu leuchten. Es feuerte die Strahlen ab und …

»LDEEERRRRRRR!!!!«

*

Eine Explosion.

*

Die Priesterin dachte zuerst, es wäre ein Blitz eingeschlagen. Nach mehreren krachenden Geräuschen wurde die Halle vor ihnen komplett von einem Feuer erfüllt, das jedoch nach kurzer Zeit wieder erlosch. Eine heiße Luftwelle durchdrang selbst den Schutzwall und das Mädchen hielt sich die Hände schützend vor das Gesicht. Die Ruine wackelte fürchterlich und sie bekam kurz Angst, dass das restliche Gebäude zusammenstürzen würde.

Als die Lage sich etwas beruhigt hatte, beugte Goblin Slayer sich vor und sagte leise: »Schaut.«

Die Elfe richtete ihren Blick in die Halle und sah das Riesenauge. Es war mit Wucht an die Decke geschleudert und dort zerquetscht worden. Die Tentakel des verkohlten Monsters zuckten leicht und dann …

Platsch.

… fiel es von der Decke in die Mitte der Halle. Der Aufprall lies den Körper aufplatzen und Eingeweide und Körperflüssigkeiten verteilten sich auf dem Boden des Raums.

»Damit wäre das erledigt«, murmelte der Zwerg ein wenig abwesend.

»Werter Goblintöter, war der Staub von eben wirklich nur einfaches Mehl? Was hast du damit getan?«, fragte der Echsenmensch skeptisch.

»Ich habe von einem Mienenarbeiter davon gehört.« Mit stapfenden Schritten betrat der Krieger die Kapelle. »Wenn sich in einem engen, geschlossenen Raum Staub verteilt und es dann einen Funken gibt, kommt es zu einer Explosion.«

Er zog sein Schwert aus der Scheide und rammte es in das Auge, um zu überprüfen, ob es wirklich tot war. »Aber es ist schwer vorzubereiten und es kann sich leicht ein Feuer ausbreiten. Diese Methode ist zu gefährlich. Ich sollte sie nicht gegen Goblins einsetzen.«

Die Ohren der Elfe stellten sich blitzartig auf und sie schrie: »Das war eine Explosion?!«

»Es war weder Feuer noch Wasser noch Gift.«

»Das ist nicht das Problem ... Na ja, jetzt ist es mir egal.« Die Elfe seufzte. *Das ist also das Ergebnis, wenn er sich an das Versprechen hält?*

Jetzt wo der Betrachter tot war, konnten die Abenteurer keine feindlichen Aktivitäten erkennen. Sie wussten jetzt zwar nicht, ob das Auge der Drahtzieher hinter all den Goblin-Aktivitäten war, aber vielleicht würden ihre weiteren Untersuchungen mehr Auskunft darüber geben.

»Ähm, was hättest du gemacht, wenn es keine Explosion gegeben hätte?«, fragte die Priesterin Goblin Slayer, nachdem sie sich neben ihn gestellt hatte.

»Die Aufgabe des Augapfels schien allein der Schutz dieses Raums gewesen zu sein. Deshalb hätten wir uns zurückgezogen und ihn mit Pfeilen beschossen, sobald er unachtsam gewesen wäre. Das hätten wir so lange gemacht, bis er erledigt gewesen wäre. Aufwändig, aber wirksam.«

»Hey!«, beschwerte die Elfe sich. »Dann hätte ich die ganze Arbeit machen müssen.«

Der Zwerg konnte sich darauf einen Kommentar nicht verkneifen: »Du kannst schießen, so viel du willst, aber deine Arme bleiben dünne Ästchen.«

»Nimm du erst einmal ab!«

»Ach Quatsch! Zwerge müssen so aussehen!«

Der Echsenmensch und die Priesterin warfen sich kurz einen Blick zu und begannen dann lautstark zu lachen. Kurz darauf stimmten der Zwerg und die Elfe mit ein. Nur Goblin Slayer lachte nicht …

Mit einem Seufzen steckte er sein Schwert wieder in die Scheide. Sie hatten gewonnen.

*

»Gut. Was wollen wir jetzt tun? Und was hat es mit diesem Spiegel auf sich?«

Nachdem sie fertig gelacht hatten, standen der Echsenmensch, die Priesterin und Goblin Slayer vor dem Spiegel, der über dem Altar hing. Seine Oberfläche waberte leicht, als wäre sie aus Wasser, und sie reflektierte Licht auf eine mysteriöse Art und Weise. Der Rand war fein mit Blattgold verziert, und obwohl die Explosion ihn erwischt haben musste, schien er vollkommen unversehrt. Irgendetwas stimmte mit ihm nicht.

»Ist dieser Spiegel ein Objekt der Verehrung?« Die Priesterin lehnte sich vor, um das mysteriöse Objekt zu berühren.

»Sollten wir ihn nicht untersuchen, bevor wir ihn anfassen?«, fragte der Echsenmensch.

»Aber in unserer Gruppe haben wir keinen Späher oder Dieb«, entgegnete die Priesterin und berührte mit ihren Fingern sanft die Oberfläche des Spiegels. Mit einem leisen *Plopp* versanken sie darin.

»Ah?!« Reflexartig zog sie die Hand zurück. Die durch ihre Berührung ausgelösten Wellen auf der Oberfläche breiteten sich aus.

»Zurück!« Goblin Slayer stieß die Priesterin zur Seite und stellte sich mit gehobenem Schild direkt vor den Spiegel. Während seine Kameraden mit gezückten Waffen herbeieilten, machte der Spiegel weiterhin komische Dinge.

Ohne dass die Abenteurer etwas taten, wurden die Wellen auf dem Spiegel immer wilder und wilder. Sie wurden zu einem Wirbel, der sich schließlich auflöste und plötzlich die Sicht auf eine unbekannte Landschaft freigab. Sie war rau und trostlos, voll mit grünem Sand. Von einem unheimlich aussehenden Himmel knallte eine gelbe Sonne brennend herunter und am Horizont war eine rätselhafte Maschine zu sehen. Sie ähnelte entfernt einer Mühle und aus ihr strömten unaufhörlich kleine Wesen heraus. Goblin Slayer erkannte sie sofort.

»Goblins.«

Es waren Unmengen der kleinen Biester. Einige von ihnen hielten Peitschen in den Händen und nutzen sie, um schreiend einige ihrer Artgenossen anzutreiben. Was diese Maschine tat, konnte sich selbst Goblin Slayer nicht erklären, aber er erkannte, dass sie zum Teil aus Menschenknochen errichtet worden war.

»Was ist das für ein abartiger Ort?«, fragte die Priesterin verängstigt.

»Leben die Goblins dort?« Der Echsenmensch trat nach vorn und berührte mit einer seiner Krallen die Spiegeloberfläche. Diese verzerrte sich und zeigte kurz darauf ein weiteres Bild.

»Ah!«, rief die Elfe, die gerade herbeigeeilt war. »Sind das nicht die Ruinen von neulich?«

»Die Goblins dort waren überraschend gut ausgerüstet …«, murmelte Goblin Slayer.

»Deine Art, dir Orte zu merken, ist echt komisch … Na ja, vielleicht sind sie von hier dorthin gekommen.«

»Ist dieser Spiegel vielleicht ein uraltes Relikt? Ein ›Tor‹?«, mutmaßte der Zwerg, der als Letztes angestapft kam. Er schien es selbst nicht zu glauben, aber das war ihm nicht zu verübeln. Wie bei den Portal-Schriftrollen, handelte es sich bei Toren um eine Art von Relikt, deren Technik seit langer Zeit als verloren galt. Nur noch wenige davon waren übrig und das machte sie äußerst begehrt und wertvoll.

Die Elfe zog sich vorsichtig von dem Spiegel zurück und fragte: »Also hat jemand die Goblins mithilfe dieses Spiegels hierhergeholt?«

»Ja, und er hat ihnen Waffen gegeben und sie hier wohnen lassen«, antwortete der Zwerg.

»Außerdem hat er den Betrachter beschworen und den Spiegel bewachen lassen«, fügte der Echsenmensch hinzu.

Beunruhigt wandte die Priesterin sich an Goblin Slayer: »Was machen wir jetzt?«

Ohne zu antworten, sprang der Krieger vom Altar und ging zu den Überresten des Riesenauges. Er trat sie zur Seite und griff nach einem durchlöcherten Tuch, das die Explosion irgendwie überstanden hatte. Er breitete es aus und sah, dass jemand etwas mit Blut darauf gemalt hatte. Eine abartige Fratze mit nur einem Auge. Die Zeichnung war krude, aber Goblin Slayer wusste, was sie zu bedeuten hatte. Es war eine Nachricht von dem Goblin-Champion. Er würde sich rächen.

»Also doch ...«

Fast wie eine Antwort auf Goblin Slayers Murmeln war Gebrüll aus den Tiefen der Katakomben zu hören. Es war geprägt von dem Durst nach Gewalt und Rache. Die Priesterin begann am ganzen Körper zu zittern. Sie kannte dieses Gebrüll nur zu gut ... Es waren Goblins.

»Ha ha ... Sie müssen die Explosion gehört haben.« Der Echsenmensch schaute sich genauer in der Halle um und erkannte, dass es mehrere Gänge gab, die aus der Halle führten. Aus allen von ihnen war das Gebrüll der Goblins zu hören. Der Gruppe von Abenteurern blieb nicht viel Zeit. »Wenn das hier der Eingang für die Goblins ist ...«

»Ja.« Der Zwerg holte eine Flasche Branntwein hervor und nahm einen Schluck. »Sie kommen, um diesen Ort zurückzuerobern.«

»Hey ... Muss das jetzt sein?«, meckerte die Elfe kraftlos. Sie setzte sich auf den Boden und schien in Gedanken zu versinken.

Die Priesterin stellte sich neben sie und richtete ihren verzweifelten Blick auf den Krieger. Sie wusste nicht, was sie von ihm erwartete, doch sie konnte nicht anders. »Goblin Slayer.«

Ihre leisen Worte sorgten dafür, dass auch der Rest der Gruppe ihren Blick auf den Silber-Rang-Abenteurer richtete. In ihnen allen loderte die Hoffnung, dass ihm – wie zuvor beim Kampf gegen den Oger und der Schlacht gegen den Goblin-Lord – etwas einfallen würde. Sie hatten es nie gesagt, aber er war ihr Anführer, und deshalb hofften sie jetzt auf ihn.

Wortlos schaute Goblin Slayer sich um. Eine zerstörte Kapelle. Ein Portal-Spiegel. Goblins, die von allen Seiten heranströmten. Und fünf Abenteurer, die bereits am Ende ihrer Kräfte waren. Die Lage schien aussichtslos.

Was habe ich in meiner Tasche?

Er kannte die Antwort noch immer nicht, aber er würde sie auch nicht mehr brauchen. Für ihn war dort nichts. Nur eine fähige Hand. Und mehr benötigte er nicht.

Er sah die Elfe an, die trotz Angst nicht weglief. Er sah den Zwerg an, der Alkohol trank, um sich Mut zu machen. Er sah den Echsenmenschen an, dessen Blut in Vorfreude auf den Kampf bereits kochte. Und dann sah er die Priesterin an …

»Keine Angst.« Versteckt vom Eisenhelm konnte man Goblin Slayers Gesichtsausdruck nicht erkennen. »Das wird gut gehen.«

In diesem Moment glaubten all seine Kameraden, dass er lächelte.

Es klang, als würden sich die Schritte des Todes nähern. Sie wurden begleitet von dem tiefen Rumoren von Kriegstrommeln. Die Goblins näherten sich der Halle, in der sich die Abenteurer befanden. Sie brüllten, grölten und der Sabber lief ihnen aus den Fratzen.

Der Goblin-Champion malte sich bereits aus, wie er sich rächen würde. Zuerst würde er ihnen die Augen ausreißen. Dann würde er sie vergewaltigen, töten und fressen. Er konnte es gar nicht mehr erwarten …

»Urgh …«, sagte die Elfe, die mithilfe ihrer empfindlichen Ohren bereits erahnen konnte, wie viele Goblins auf sie zukamen. Sie überprüfte die Sehne an ihrem Bogen und kontrollierte die restlichen Pfeile in ihrem Köcher, als Goblin Slayer sie ansprach: »Alles klar?«

»Natürlich!«, antwortete sie. »Pass du lieber auf, dass dich keiner durch die Gegend schleudert.«

»Das habe ich vor. Weißt du, woher sie kommen?«

»Aus allen Richtungen«, sagte die Elfe und zuckte mit den Schultern. »Sie werden uns in großer Überzahl angreifen.«

»Werter Goblintöter, die Barrikaden sind fertig«, unterbrach der Echsenmensch die beiden. Er hatte Trümmer, die bei der Explosion entstanden waren, rund um den Altar zu Barrikaden aufgeschichtet. Sie würden ihnen keinen sicheren Sieg gewähren, aber ihnen helfen, etwas Zeit zu schinden.

Sie waren eine Idee des Zwergs gewesen, der sich Staub von der Robe klopfte und meinte: »Sie sollten ihren Zweck erfüllen.«

»Ja«, sagte der Krieger und wandte sich der Priesterin zu. »Wie sieht es bei dir aus?«

»Ich bin so weit!«

Ihre Aufgabe hatte darin bestanden, Steine für die Schleudern, zusätzliche Klingen und herumliegende Pfeile zusammenzusammeln.

»Gut.« Goblin Slayer nickte. Auch er konnte mittlerweile das Stapfen der Bestien hören. Sie hatten nicht mehr viel Zeit.

»Wie viele Zauber bleiben euch?«

»Also ich, ähm …« Die Priesterin dachte kurz nach. »Eins ist missglückt und eins habe ich gewirkt. Also … bleibt noch ein Wunder.«

»Okay, heb es dir für den richtigen Moment auf.«

»Ja.« Das Mädchen wusste, was das bedeutete. Bis die Zeit für ihr Wunder gekommen war, musste sie also die Gesamtlage im Blick behalten. »Ich werde mein Bestes geben!«

»Ha ha ha, auf dich ist echt Verlass, werte Priesterin.« Amüsiert leckte der Echsenmensch sich über die Schnauze.

Die Priesterin schaute beschämt zu Boden und sagte: »Nun ja …«

»Ich habe einen Drachenzahnkrieger gerufen, also bleiben mir noch zwei.«

»Bitte gib dem Drachenzahnkrieger einen Schild. Er soll den Altar und besonders das Mädchen beschützen«, antwortete Goblin Slayer.

»Verstanden. Und ich selbst soll mich um den Spiegel kümmern?«

»Ja.«

Der Echsenmensch nickte kurz und legte die Hände zusammen. Geschickt stieg er zu seinen Kameraden auf den Altar. Man sagte sich, dass kein Volk sich bereits so lange im Kampf mit den dunklen Mächten befand wie die Echsenmenschen, und die Erfahrungen seiner Vorfahren halfen dem Mönch anscheinend dabei, Goblin Slayers Taktiken zu verstehen.

Während der Echsenmensch sich um seinen Drachenzahnkrieger kümmerte, strich sich der Zwerg durch den Bart. »Ich habe Geisterwand und Trunkenheit gewirkt. Mir bleiben also noch zwei.«

»Spar du sie dir auch auf. Sie werden unsere Trumpfkarten«, antwortete der Krieger.

»Oho! Das klingt wichtig. Willst du mir verraten, wie ich sie einsetzen soll?«, fragte der Zwerg und schlug sich auf den Bauch.

Die Elfe kicherte kurz und sagte: »Wir haben echt Glück, dass gleich drei von uns Magie beherrschen.«

»Sieh an, endlich mal ehrliche Worte von dir, Langohr.«

»Ich bin immer ehrlich!«, keifte die Elfe und wandte sich an Goblin Slayer. »Was soll ich machen?«

»Lock sie an und töte sie. Töte so viele du nur kannst.«

»Das klingt mal wieder nach einem verrückten Plan.«

»Ist das so?«

Bevor die beiden ihre Unterhaltung beenden konnten, hatte die Goblins die Kapelle erreicht. Ihre funkelnden Augen waren in der Dunkelheit der Eingänge zu erkennen. Goblin Slayer zog eine Schleuder hervor und warf eine weitere dem Zwerg zu.

Die Elfe schnaufte kurz aus und spannte einen Pfeil in ihren Bogen. »In Ordnung, Orcbolg! Ich mache es!«

Direkt darauf stieß der Goblin-Champion einen Kriegsschrei aus: »GOROORORRRRRB!!«

Seine Truppen rissen ihre kruden Waffen in die Höhe und stürzten in die Halle.

»Nummer eins.«

»GROB?!«

Ohne zu zögern, feuerte Goblin Slayer mit seiner Schleuder auf den erstbesten Goblin und tötete ihn.

»Nicht schlecht, bei so vielen muss man nicht mal zielen«, meinte der Zwerg. »Bartschneider, schieß einfach drauf los! Hier ist jeder Stein ein Treffer!«

»Das habe ich vor.« Mit einem *Schwupp* feuerte Goblin Slayer einen weiteren Stein ab, und zertrümmerte einem der heranstürmenden Biester die Stirn. Die anderen Goblins störten sich jedoch nicht an ihrem toten Kameraden und rannten weiter auf den Altar zu.

»GROB! GOOOROBB!!«

Einige Goblins versuchten, heimlich die Barrikade an der rechten Wand der Halle zu erklimmen. Die Priesterin bemerkte sie und schrie: »Hier rechts!«

»Ich kümmere mich um sie!« Die Elfe lies einen Hagel aus Pfeilen auf sie herabsegeln, doch andere Goblins hatten bereits neue Wege über und auch durch die Barrikaden gefunden. Die Priesterin warnte die Waldläuferin: »Drei von links! Vier von vorn!«

»Ja, ja!« Fast tanzend sprang die Elfe auf dem Altar umher und verschoss ihre Pfeile. Statt einzelne feuerte sie bereits mehrere auf einmal.

»GOROROB! GROB! GOORB!«

Auf Befehl des Goblin-Champions nahm ein Goblin den Deckel von einem Gefäß, das er vorsichtig in seinen Händen trug. In ihm befand sich eine giftige Flüssigkeit, die die Goblins zusammengepanscht hatten. Die Goblin-Bogenschützen tunkten ihre Pfeile in die Flüssigkeit und feuerten sie dann auf die Abenteurer ab.

»GOORB?!«

Allerdings zielten sie so schlecht, dass sie einige ihrer Kameraden trafen. Obwohl die Treffer nicht tödlich waren, begannen die verwundeten Goblins blutigen Schaum zu spucken und fielen tot um. Die Bogenschützen störte dies jedoch nicht. Wichtig war nur, dass sie irgendwann die Elfe und die Priesterin treffen würden.

Die Goblins hatten ihre Rechnung jedoch ohne den Drachenzahnkrieger gemacht, der sich mit erhobenem Schild vor die Elfe oder die Priesterin stellte, wann immer ein Pfeil sie zu treffen drohte.

Die Waldläuferin atmete kurz durch und strich sich den Schweiß von der Stirn. Dann griff sie nach ein paar Pfeilen und meinte: »Der ist eigentlich ganz niedlich, oder?«

»A… Ach, ja?«, fragte die Priesterin skeptisch. Als im nächsten Moment ein Goblin-Pfeil mit einem *Tock* in das Schild des Drachenzahnkriegers einschlug, zuckte sie kurz zusammen. Ihr Blick fiel auf den Echsenmensch, der vor dem Portal-Spiegel stand.

»Ha ha ha! Ich bedanke mich vielmals für das Lob!« Der Spiegel war anscheinend fest in die Wand eingelassen. Der Mönch kratzte mit einer Kralle am Spiegelrand entlang. »Ich kann mir nicht erklären, wie dieser Spiegel hier befestigt wurde.«

Als er schließlich links und rechts eine Lücke fand, die er greifen konnte, packte er fest zu und rief: »Oh, edler Brontosaurier, gib mir die Kraft Zehntausender!«

Er wirkte ein Wunder namens »Scheindrache«, das ihm den Segen seiner Vorfahren verlieh. Seine Muskeln wurden von einer unheimlichen Kraft erfüllt und er begann an dem Spiegel zu zerren. Dieser bewegte sich zwar ein wenig, aber der Echsenmensch würde noch ein wenig Zeit brauchen, um ihn komplett aus der Wand reißen zu können.

»GOROOOOBB! GOOROOROB!!«

Die Goblins ließen währenddessen nicht nach und stürmten unter hohen Verlusten immer weiter auf den Altar an. Sie hatten einen Champion auf ihrer Seite und sie waren sich sicher, dass sie diese Schlacht gewinnen würden.

Das Geschrei der Goblins ließ die Priesterin erzittern. Sie erkannte, dass der Champion sich in Bewegung setzte, und schrie ihren Kameraden zu: »Der Große kommt!«

Das Monstrum zerstörte mit einem Schwung seines Knüppels eine der Barrikaden und stürmte heran.

»Ich übernehme ihn«, antwortete Goblin Slayer nüchtern. Er hob einen Dolch vom Boden auf und sprang vom Altar. Ohne sich umzudrehen, rief er seinen Kameraden zu: »Entfernt euch nicht vom Altar!«

Ohne ihr Feuer auf die Goblins zu unterbrechen, antworteten die Elfe und der Zwerg: »Verstanden«. Der Krieger schoss wie ein Pfeil nach vorn und rannte an vereinzelten Goblins vorbei, bis drei der Biester versuchten, sich ihm in den Weg zu stellen.

Mit der rechten Hand zog Goblin Slayer sein Schwert und durchtrennte mit einem Schlag die Kehle des ersten von ihnen.

»Neunzehn.«

Während eine Blutfontäne aus dem getöteten Gegner hervorspritzte, holte der Krieger mit seinem Schild aus und zertrümmerte dem nächsten Goblin, der von rechts angriff, den Schädel.

»Zwanzig.«

Als er sich dem letzten der drei zuwenden wollte, sah Goblin Slayer, wie ein Stein des Zwergs herangesaust kam.

»GROOB?!«

Der Treffer war nicht tödlich, doch Goblin Slayer zögerte nicht und rammte dem Goblin seine Klinge in den Hals. Ohne einen Schrei von sich geben zu können, fiel das Biest leblos zu Boden.

»Einundzwanzig.«

Schnell zog er seinen Dolch und warf ihn in einer wirbelnden Bewegung auf einen Goblin, der gerade versuchte sich von hinten auf den Krieger zu werfen.

»Zweiundzwanzig.«

Nachdem dieser zu Boden gefallen war, sprintete Goblin Slayer los und griff sich den Knüppel, mit dem er bewaffnet gewesen war. Er nutzte ihn sogleich, um einem weiteren Goblin damit den Schädel einzuschlagen.

»Dreiundzwanzig.«

Als Nächstes warf er die Waffe einem Goblin-Bogenschützen an den Kopf, der gerade auf ihn zielte.

»GORARA?!«

Natürlich reichte das nicht, um ihn zu töten, aber darum kümmerte sich dann ein Pfeil der Elfe.

»Erwischt«, freute sich die Waldläuferin. »Orcbolg, ich brauch Pfeile!«

»Hmpf!«

Sie hatte es Goblin Slayer nicht sagen müssen, denn dieser wusste bereits von dem Munitionsmangel seiner Kameradin. Er stürmte zu der Leiche des Goblin-Bogenschützen und warf seinen Köcher in Richtung Altar. Doch leider war der Wurf etwas zu kurz.

»Ich hol ihn.« Sofort sprang der Zwerg vom Altar, um den Köcher zu holen. Er griff ihn sich und warf ihn der Priesterin zu, die ihn mit beiden Händen fing. Die Elfe griff sich den Köcher im Vorbeirennen und ließ es erneut Pfeile regnen.

»GROORB!!«

Da der Zwerg nun auf dem Boden der Halle stand, richteten einige der Goblins ihre Aufmerksamkeit nun auf ihn. Wissend, dass er jetzt in den Nahkampf wechseln musste, ließ der Zwerg die Schleuder fallen und griff zu seiner Axt. Wie ein Wirbelsturm fegte er in seine Angreifer hinein. Nachdem er einem Goblin ein Bein abgeschlagen hatte, rief er dem Echsenmensch zu: »Schuppiger, wie sieht es aus?«

»Noch ein klein wenig!« Obwohl der Echsenmensch mit all seiner Kraft am Spiegel zerrte, war er noch nicht sehr weit gekommen.

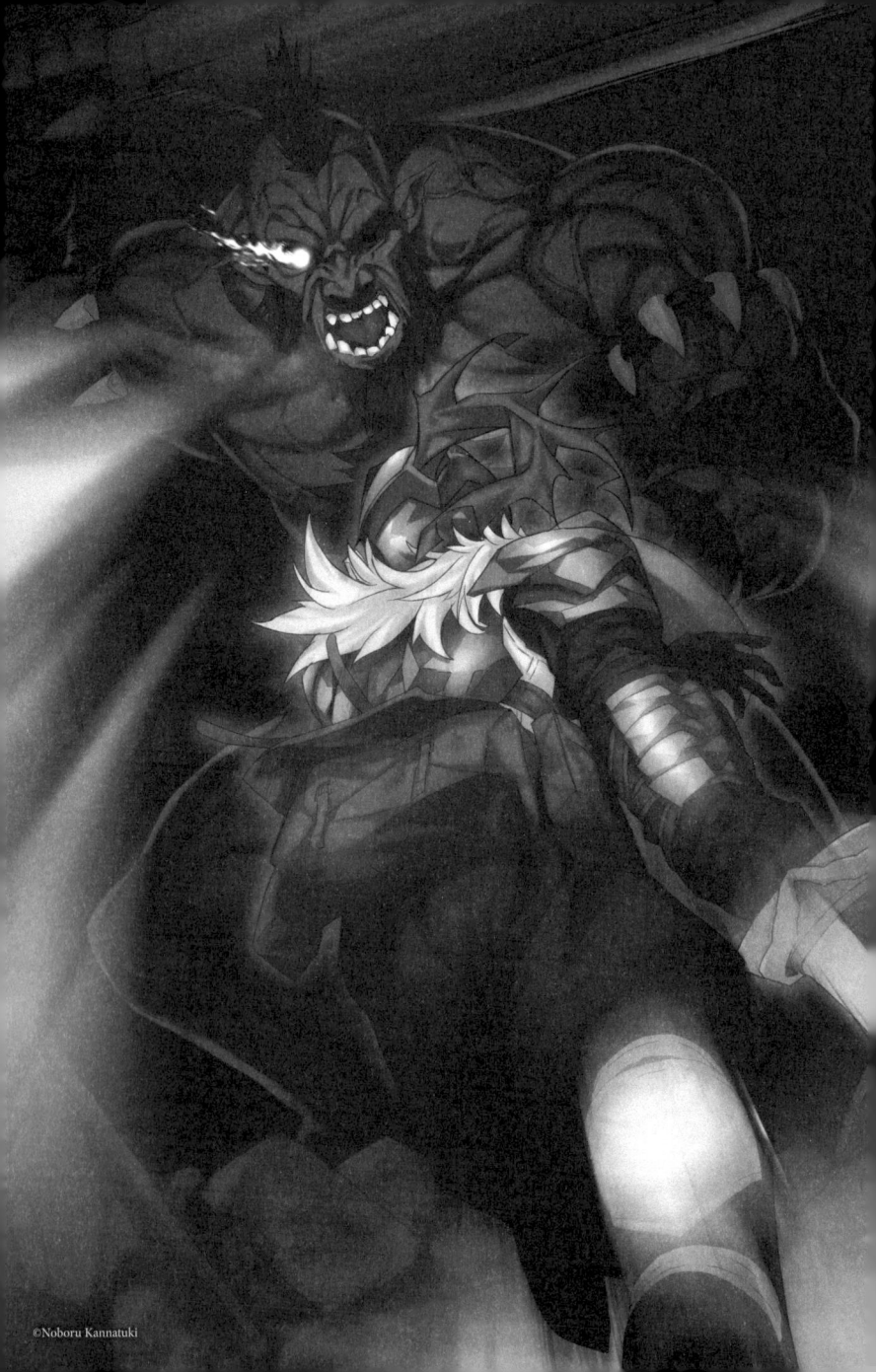

©Noboru Kannatuki

»Ich helfe dir!« Die Priesterin eilte an die Seite des Mönchs. Sie steckte ihren Stab in den Spalt zwischen Spiegel und Wand und begann mit aller Kraft zu drücken.

»Ngh!!«

»Braucht ihr noch lange?«, rief Goblin Slayer seinen Kameraden zu. Er kämpfte allein in vorderster Reihe und wehrte sich mit Mühe und Not gegen all die Goblins, die sich auf ihn warfen. Gerade hatte er sich eine krude Goblin-Klinge gegriffen und sie einem Goblin von unten durch die Kehle in den Kopf gerammt, als er ein tiefes Grummeln hinter sich hörte.

»GORARAB…!«

Es war der Goblin-Champion. Er hatte ein wutverzerrtes Grinsen aufgesetzt.

»GORARARABOOBOBORIIIIN!!«

Goblin Slayer machte einen Satz nach hinten und rollte sich rückwärts ab.

»GORAB?!«

Er ignorierte den Schrei eines Goblins, den er dabei ins Gesicht getreten hatte. Dort, wo er eben noch gestanden hatte, war der Knüppel des Champions herabgerauscht und hatte eine der Bodenplatten unter der Wucht des Schlags zerbrechen lassen.

»Was für ein Muskelprotz«, murmelte Goblin Slayer. Er war sich sicher, dass dieser Champion in Sachen Körperkraft der Bestie, die er mit der Portal-Schriftrolle besiegt hatte, in nichts nachstand. Er dürfte sich keinen Patzer erlauben, sonst wäre das sein Ende.

Der Krieger drehte sich um, riss seinen Schild hoch und rannte in eine Gruppe Goblins.

»GORAB?!«

Sein Plan ging auf. Der Champion war blind vor Wut und schlug rücksichtslos nach Goblin Slayer, ohne dabei auf seine Kameraden zu achten. Während der Krieger durch die Gruppe der Goblins im Zickzack hin- und herlief, sauste der Knüppel immer wieder herab und verfehlte ihn nur um eine Haaresbreite, bevor er einige Goblins erwischte. Verzweifelte Schmerzensschreie. Das Knacken von Knochen. Der Champion veranstalte ein Goblin-Blutbad, aber das war ihm egal. Er wollte den Krieger tot sehen.

»GORAB?!«

Im Vorbeirennen bohrte Goblin Slayer seine Klinge in den Schädel eines verängstigten Goblins und griff nach dessen Waffe. Es war ein altes rostiges Schwert, dass die Viecher einem Abenteurer abgenommen haben mussten. Der Krieger hielt nicht lange daran fest und rammte es in die Kehle eines weiteren Goblins, dessen zuckender Körper kurz darauf von der Keule des Champions zermatscht wurde.

»Ein gnädiger Tod für einen Goblin«, kommentierte Goblin Slayer das Geschehen.

»GORARARAB!! GORARARA!!«

Mit jedem Schlag erwischte der Champion nicht nur einige seiner Artgenossen, sondern zerstörte auch immer mehr die Halle. Langsam begannen Sand und kleine Steinbröckchen von der Decke zu rieseln.

Goblin Slayer hatte über die Jahre gelernt, dass Goblins zwar dumm, aber auch lernfähig waren. Allerdings wusste er auch, dass sie ihre Gefühle selten unter Kontrolle hatten. Dies machte er sich gerade zunutze und lockte den Champion immer weiter vom Altar weg.

Die Elfe bemerkte dies und konzentrierte sich darauf, Goblin Slayer in seinen Bemühungen zu unterstützen. Sie bestrafte jeden Goblin, der sich ihm in den Weg stellte, mit einem Pfeil.

Der Zwerg hingegen war immer noch damit beschäftigt, heranstürmende Goblins mit seiner Axt niederzustrecken. Sein strahlend weißer Bart war mittlerweile in dem öligen Blut der Goblins getränkt.

»Langohr! Schieß schneller!«

»Halt die Klappe! Ich habe kaum noch Pfeile!«

»Dann wirf mit Steinen nach ihnen!«

»Nein!«

Während der Zwerg und die Elfe sich wie immer piesackten, waren der Echsenmensch und die Priesterin immer noch dabei, den Spiegel aus der Wand zu lösen.

»Hnnngh!«

Die dünnen Arme des Mädchens zitterten vor Anstrengung. Dies sehend, dachte sich der Echsenmensch: *Wenn in so einem Mädchen solch eine Kraft steckt, dann darf ein mächtiger Echsenmensch wie ich auf keinen Fall mit seinen Kräften am Ende sein!* Mithilfe des Segens seiner Vorfahren brachte er sein Blut zum Kochen und fokussierte all seine Energie in seinen Krallen.

»Hiiiiijaaaah!!« Mit einem krachenden Geräusch gab der Widerstand des Spiegels endlich nach und der Mönch hielt ihn in den Händen.

Nach Luft ringend rief die Priesterin: »Goblin Slayer! Jetzt!«

Als der Krieger den Ruf des Mädchens hörte, schlug er einen kurzen Haken und rannte zurück zum Altar. »Haltet die Spiegelseite nach oben und geht darunter in Deckung!«

»Ja!« Mit dem Spiegel auf den Schultern fiel der Echsenmensch auf ein Knie und hielt ihn schräg wie ein Dach über sich und die Priesterin. Der Drachenzahnkrieger unterstützte ihn dabei.

»ORARARAG!!«

Der Goblin-Champion war verwirrt. Er wusste nicht, was hier vor sich ging, aber erkannte, dass die Abenteurer etwas planten. Goblin Slayer nutzte die Chance und warf einen Speer, dem er einer Leiche abgenommen hatte, nach dem Hünen. Die Klinge traf seine Hand und trennte einige seiner Finger ab.

»GARAOR?!«

»Steinhagel! Ein großer von oben!«, rief der Krieger dem Zwerg zu.

»Hm? Okay!« Auch wenn der Zwerg überrascht war, hatte er jetzt keine Zeit zu zögern. Er griff in seine Tasche, holte einen Klumpen Lehm hervor, hauchte ihn an und warf ihn in die Luft. »An die Arbeit, Gnome! Formt die einzelnen Sandkörner und rollt sie zu Steinen!«

Wie bereits in der Kanalisation wuchs die Lehmkugel schlagartig zu einem riesigen Felsen heran.

Als Nächstes rief Goblin Slayer der Priesterin zu: »Licht!«

»Ja!« Das Mädchen begann sofort mit ihrem Gebet. »Höchst barmherzige Erdmutter. Schenke uns, die durch die Dunkelheit irren, dein heiliges Licht.«

Auf das Gebet gewährte die Erdmutter ihrer treuen Dienerin das Wunder Heiliges Licht. Blendendes weißes Licht erfüllte die düstere Halle und stahl den Goblins die Sicht.

»GORORB?!«

Die Bestien schrien laut auf und versuchten, so gut es ging, ihre Augen zu verdecken. Auch Goblin Slayer wurde geblendet, aber zu seinem Glück wies die Elfe ihm mit einem »Orcbolg, hier drüben!« den Weg. Als er beim Altar angekommen war, half die Waldläuferin ihm hinauf.

»Entschuldige.«

»Ist schon gut! Ich weiß aber nicht, was du vorhast!«

Nachdem er sich zusammen mit der Waldläuferin unter den Spiegel gesetzt hatte, sagte der Krieger zum Zwerg: »Lass ihn mit Sturzkontrolle fallen!«

Dieser war – den Felsen mit seiner Magie in der Luft haltend – bereits zu seinen Kameraden unterm Spiegel gestoßen. »Gnome, Gnome! Dreht den Eimer! Wirbelt ihn herum! Schleudert ihn fort!«

Mithilfe seiner Kameraden drehte der erschöpfte Goblin Slayer sich um und erkannte trotz des grellen Lichts, wie der Felsen nicht nach unten, sondern nach oben »fiel«.

»GO?! GROB?!«

»GRAROOROROROR0RB?!«

Er rammte in die Decke und obwohl sie der Explosion und dem Kampf mit dem Champion standgehalten hatte, war der Felsen dann doch etwas zu viel für sie. Sie knackte und begann zu reißen, bis sie schließlich nachgab.

»GO?! GROB?!«

»GRAROOROROROORB?!«

Das Kreischen der Goblins war noch kurz zu hören, bis die herabstürzende Erdmasse sie alle zum Schweigen brachte.

»Das macht dreiundfünfzig.«

Das war das Ende des Goblin-Champions.

*

Es herrschte absolute Stille in der Halle. Sie war einst eine Kapelle gewesen, aber alle Spuren davon waren unter den Erdmassen verschwunden, die auch die Goblins begraben hatten. Wo eben noch die Decke gewesen war, war jetzt ein Loch, das den Blick auf einen klaren Nachthimmel freigab.

Zwischen einigen Steinen befand sich der Spiegel, unter dem die Abenteurergruppe Schutz gesucht hatte. Mit einem leichten Poltern begann er sich zu bewegen.

»Puh«, seufzte die Elfe und kletterte unter dem Spiegel hervor. Sie schüttelte sich kurz wie eine nasse Katze und begann sich bei dem Krieger zu beschweren, der nach ihr unter dem Spiegel hervorkroch: »A… Also, also wirklich! Wa… Was hast du dir dabei gedacht, Orcbolg?!«

»Da… Das kam unerwartet …«, antwortete ihr jemand, aber es war nicht Goblin Slayer, sondern die Priesterin, die als Nächstes hervorgekrochen kam.

»Mehr hast du dazu nicht zu sagen …?«

»Irgendwie gewöhne ich mich so langsam an so was.«

»Ihr seid echt unfassbar …«

Kopfschüttelnd half die Elfe der Priesterin auf.

»Ojemine … Zum Glück hatten wir den Spiegel«, sagte der Echsenmensch und kam auch herausgekrochen. Das Relikt hatte der Gruppe das Leben gerettet. Während die Goblins von der Erdmasse lebendig begraben worden waren, hatte es alles, was auf seine Oberfläche fiel, mithilfe seiner Magie an einen anderen Ort geschickt. »Leider ist er etwas schwer, sonst könnte man ihn als Schild nutzen.«

Als Letztes kam der Zwerg unter dem Spiegel hervor und nahm erst einmal einen tiefen Schluck Branntwein. Dann bedankte er sich bei dem Mönch: »Du hast heute am meisten geschuftet, Schuppiger. Ich danke dir. Nur mal nebenbei, ich habe darüber nachgedacht, warum der Spiegel hier ist. Kann es vielleicht sein, dass dies eine Anlage zum Verreisen war?«

Es war eine interessante Frage, aber nur die Menschen, die dieses Bauwerk im Zeitalter der Götter errichtet hatten, hätten diese Frage vollständig beantworten können. Eins war jedoch klar: Die Person, die die Goblins und den Beobachter hergebracht hatte, wusste, wie der Spiegel funktionierte, und sie hatte ihn effektiv für seine Ziele eingesetzt.

»Ist mir egal«, antwortete Goblin Slayer mit gewohnt nüchterner Stimme.

Die Priesterin sagte mit einem erleichterten Grinsen: »Zum Glück waren wir wirklich nicht unter der Stadt …«

»Dann hätte ich mir etwas anderes einfallen lassen müssen.« Der Krieger schwenkte seinen Blick über seine Kameraden. Dort war die leise kichernde Priesterin, der grinsende Echsenmensch, der leicht angeschwipste Zwerg und schließlich die Elfe, die ihn mit zusammengekniffenen Augen ansah.

»Hey.«

»Was denn? Das war weder Feuer, Wasser, Gift noch eine Explosion, oder?«, fragte der Krieger mit einem gewissen Hauch von Stolz in der Stimme.

Ein leichtes Lächeln umspielte die Lippen der Elfe, als sie sagte: »Orcbolg?«

»Hm?«

Die Waldläuferin verpasste Goblin Slayer einen kräftigen Tritt und beförderte ihn damit in einen Haufen aus Dreck.

Kapitel 11

Hin und zurück

Für die Jungfrau des Schwertes war die Welt ein weißer Raum, der mit nichts weiter als Licht gefüllt war. Sie spürte die leichte Brise auf ihrer Haut, hörte das Rascheln der Blätter und das Gras kitzelte zwischen ihren Zehen, aber sie sah nichts weiter als Licht.

Langsam und vorsichtig setzte sie einen Fuß vor den anderen und fühlte sich zum ersten Mal seit Langem wohl. Sie selbst war überrascht von diesem Gefühl, aber wusste ganz genau, wer es ausgelöst hatte. Es konnte nur *er* sein.

Ein einfacher Held ohne besondere Talente, der nichts weiter getan hatte, als über die Jahre seinen Körper und seinen Geist zu trainieren und so zu überleben. Wahrscheinlich war es das, was sie anzog. Jede einzelne seiner Narben erzählte eine Geschichte seines fortlaufenden Kampfes.

Als sie Schritte auf dem Rasen des Tempelgartens vernahm, blieb die Erzbischöfin stehen. Ein Schatten trat in ihre weiße Welt. Ihre Lippen formten sich zu einem leichten Lächeln. Goblin Slayer war zu ihr gekommen.

Sie wandte sich dem Krieger zu und sagte: »Gut, dass du nicht verletzt bist.«

Er schien leicht zu nicken und antwortete: »Ich wollte etwas überprüfen.«

Sie überlegte kurz, wie sie darauf reagieren sollte. Sollte sie sich entschlossen geben, oder sich ehrlich über sein Erscheinen freuen? Ihre Position als Erzbischöfin entsprechend entschloss sie sich fürs Erstere.

»Was denn? Solange ich dir helfen kann, will ich dir alle Fragen …«

»Du wusstest von allem«, unterbrach sie Goblin Slayer mit ruhiger Stimme.

Das Herz der Erzbischöfin machte einen Sprung. Sie umgriff fest ihren Stab und versuchte sich so gut wie möglich zu sammeln. »Ja. Das stimmt.«

»Na dann«, antwortete der Krieger.

Seine Stimme war dabei genauso nüchtern wie bei ihrem ersten Treffen. Obwohl die Jungfrau des Schwertes eigentlich erleichtert darüber sein sollte, dass er nicht sauer war, enttäuschte seine Antwort sie. Es war das erste Mal in ihrem Leben, dass sie sich so fühlte.

»Wie bist du darauf gekommen?«, fragte sie Goblin Slayer mit belegter Stimme.

»Das bin ich nicht. Ich hatte vor, alle zu fragen, die vielleicht etwas wissen könnten.«

»Alle …?«, murmelte die Jungfrau des Schwertes und stieß einen tiefen Seufzer aus. »Ich verstehe … Dann hätte ich es vielleicht abstreiten sollen. Nichtsdestoweniger ist es interessant, dass du zuerst zu mir gekommen bist. Dürfte ich dich fragen, warum du mich verdächtigt hast?«

»Das hatte viele Gründe.« Der schwarze Schatten Goblin Slayers bewegte sich leicht. Mit einigen wenigen stapfenden Schritten wechselte er seine Position. Sie liebte, wie selbstbewusst er umherschritt. »Dieses weiße Monster … Wie heißt es noch mal?«

»Der Alligator?«

»Ja«, erwiderte er. »Wir sind ihm nicht zufällig über den Weg gelaufen.«

»Glaubst du etwa, die Begegnung war Teil eines Plans?«

»Der Alligator sollte uns vertreiben, aber auch die Goblins angreifen.«

»Ist das nicht etwas paranoid?«

Goblin Slayer schüttelte langsam den Kopf. »Nein. Trotz der Größe der Kanalisation existieren keine Karten und keine Aufträge, um das Ungeziefer darin zu vertreiben. Außerdem patrouillieren keine Abenteurer, aber es ist undenkbar, dass niemand die Kanalisation bewacht.«

»Du kennst dich gut aus.«

»Ja. Zumindest was Abenteuer angeht.« Die Erzbischöfin musste kurz kichern, doch Goblin Slayer redete einfach weiter: »So kam ich zu dem Schluss, dass dieser Alligator der Bewacher der Kanalisation ist und gleichzeitig ein Vertrauter sein muss.«

Ohne darauf zu antworten, begann die Jungfrau des Schwertes Goblin Slayer anzulächeln. Er hatte recht. Der Alligator diente ihr als Schutzbestie und bewachte die Kanalisation der Stadt. Sie war mit ihm verbunden und spürte dadurch, was auch ihr Vertrauter spürte: die Kälte des Regens, die Hitze der Kämpfe, der Gestank der Goblins.

»Es ist ironisch«, sagte sie schließlich, »dass ein Gesandter des erhabenen Gottes beschützt werden muss. Dabei sollte ich eigentlich diese Stadt ...«

Erneut unterbrach sie der Krieger: »Du musst es auch bemerkt haben. Die Frauen, die getötet und ausgenommen wurden. Das war nicht das Werk von Goblins.«

Wieder hatte der Krieger recht. Die Erzbischöfin wusste, dass Goblins menschliche Opfer nicht in feindlichen Gebieten ausnahmen. Als äußerst grausame Kreaturen, gehörte es zu ihren größten Freuden, Opfer mit zurück in ihr Nest zu schleppen und dort ihren Spaß mit ihnen zu haben, bis sie starben.

»Ja …« Sofort erinnerte sie sich daran, was damals mit ihr geschehen war. Sie hatten sie in eine dunkle steinerne Kammer gesperrt und ihr unaussprechliche Dinge angetan. Dort war es auch, wo sie ihr Augenlicht verloren hatte. Sie taten es auf äußerst brutale Weise mithilfe von Fackeln … Schnell wischte sie die schmerzhaften Erinnerungen weg und konzentrierte sich wieder auf den Abenteurer vor ihr. »Ich habe gehört, dass ihr in den Ruinen einen Portal-Spiegel gefunden habt. Der Drahtzieher, einer der übrig gebliebenen Diener des Dämonenfürsten, muss etwas damit vorgehabt haben. Allerdings hat mich bereits ein Bericht erreicht, dass dieser besiegt wurde.«

Sie lehnte sich an einen Pfeiler und wandte sich von Goblin Slayer ab, bevor sie weiterredete: »In der Stadt gab es verstreut Spuren von Opferritualen, anhand derer ich mir bereits denken konnte, wessen Werk die Vorkommnisse waren. Der Diener des Dämonenfürsten wollte sich an mir rächen. Wenn es nur das gewesen wäre, hätte ich mich selbst darum kümmern können, aber er schickte Goblins. Sie nisteten sich unter der Stadt ein …«

Die Jungfrau des Schwertes musste sich kurz sammeln. Allein der Gedanke an Goblins brachte ihre Beine bereits zum Zittern. Nach einer kurzen Zeit setzte sie ihre Erzählung fort: »Ich habe einen Dämonenfürsten bezwungen und werde nun Jungfrau des Schwertes genannt, aber ein Satz wollte mir einfach nicht über die Lippen ... Bitte beschütz mich vor den Goblins ...«

In fast neckischem Ton fragte sie dann den Krieger: »Was willst du jetzt mit mir machen?«

»Gar nichts«, antwortete dieser desinteressiert. »Du bist schließlich kein Goblin.«

Wieder überkam sie ein unerwartetes Gefühl der Enttäuschung. »Dürfte ich dir erzählen, warum ich so gehandelt habe?«

»Ja, wenn es sein muss.«

»Ich wollte einfach nur, dass mich jemand versteht.« Ein Windstoß brachte die Blätter der Bäume im Tempelgarten zum Rascheln. »Unter der Stadt wimmelt es nur so von Goblins. Jede Nacht kriechen sie aus den Kanälen heraus, um sich ihr nächstes Opfer zu schnappen. Abenteurer, die sich auf die Jagd nach ihnen machen, kehren nie zurück. Niemand weiß, wer ihnen als Nächstes zum Opfer fällt. Sie könnten unter dem Bett oder im Schatten der Tür auf einen lauern. Selbst im Schlaf ist man nicht sicher vor ihnen. Ich hoffte, sie alle würden sich zu fürchten beginnen. Ich wollte, dass jemand dieselbe Furcht verspürt wie ich ... Doch niemand tat es.«

Die Erzbischöfin hatte gelernt, dass es so nicht funktionierte. Leute sterben, aber das war anderen egal. Am Ende hatte sich keiner außer ihr vor dem Terror der Goblins gefürchtet.

»Du kannst diesen Portal-Spiegel gern haben.« Sie zwang sich dazu, ein Lächeln aufzusetzen. »Du würdest ... Ja ... Du verstehst mich, nicht wa...«

Zum dritten Mal im Laufe dieser Unterhaltung unterbrach Goblin Slayer sie: »Ich habe ihn weggeworfen.«

»Was?« Die Erzbischöfin konnte ihre Überraschung nicht verstecken. »Diesen unbezahlbaren Schatz?«

»Andere Goblins könnten lernen, ihn zu nutzen. Ich habe ihn in Beton versiegelt und versenkt. Bestimmt kann dieses weiße Monster ihn als Bett benutzen.«

»Ah …« Die Jungfrau des Schwertes musste kurz kichern. »Du bist ein wirklich interessanter Geselle … aber ganz sicher auch ein wenig verrückt.«

»Das mag sein«, antwortete der Krieger lustlos.

»Sag. Darf ich auch etwas fragen?«

»Ja, auch wenn ich nicht weiß, ob ich deine Frage beantworten kann.«

»Hat sich durch das Beseitigen der Goblins irgendetwas geändert?« Sie wandte sich wieder dem Krieger zu und breitete die Arme aus, als würde sie ein Geständnis machen. »Sollte ein Held nicht einer bösen Sekte das Handwerk legen und damit die Gerechtigkeit und den Frieden dieser Welt wahren? Doch du hast nichts weiter getan, als einem Mädchen zu helfen, das Angst vor Goblins hat. Sag mir, was soll das schon ändern?«

Sicherlich nichts …

»Aber ist das nicht schon genug?«, antwortete Goblin Slayer. »Du hast gesagt, dass Goblins dir schreckliche Dinge angetan haben.«

»Ja …«

»Ich habe selbst gesehen, was das bedeutet, und gerade deswegen kann ich deine Angst nicht verstehen.«

Plötzlich fühlte sich die Jungfrau des Schwertes, als würde sie fallen. Sie wollte den Krieger erreichen, der ihr als schattige Gestalt erschien, aber sie wusste nicht wie. Mit verzweifelter Stimme fragte sie ihn: »Also wirst du mich nicht befreien?«

»Nein«, antwortete dieser kalt und drehte ihr den Rücken zu.

Die Jungfrau des Schwertes antwortete dem Krieger mit einem kraftlosen Lachen. Sie hatte gehofft, dass er sie von dem Albtraum, der sie immer noch jede Nacht verfolgte, befreien würde. Von den Goblins, die sie Nacht für Nacht beschmutzten, sie vergewaltigten und sie wie Dreck behandelten. Sie fühlte sich allein ... Niemand würde ihr jemals helfen ...

»Aber«, sagte Goblin Slayer, ohne sich umzudrehen, »ruf nach mir, wenn Goblins auftauchen. Ich werde sie töten.«

»Ah ...« Mit einem Seufzen fiel die Jungfrau des Schwertes erleichtert auf die Knie. Sie begann zu weinen, zum ersten Mal seit Jahren außerhalb eines Traums. Sie wusste nicht, wie ihr geschah. Sie hatte Goblin Slayers Worte genau vernommen, aber sie musste sich versichern. »Auch ... Auch in meinen Träumen?«

»Ja.«

»Du wirst mir dort helfen?«

»Ja, weil ich Goblin Slayer bin.«

Mit diesen Worten verschwand der schwarze Schatten aus ihrer Welt des Lichts.

»Ah ...« Mit einem Stöhnen umschlang die Erzbischöfin ihren eigenen Körper. Unreine Gedanken überkamen sie und eine Lust nahm von ihr Besitz, die sie eigentlich für verloren geglaubt hatte. Es war wie eine Flamme, die ihr Herz in Brand setzte und sie

©Noboru Kannatuki

wieder hoffen ließ. Sie wusste, sie könnte endlich wieder in Ruhe schlafen.

Während ihr die Tränen das Gesicht hinunterliefen, sagte die Jungfrau des Schwertes zu dem längst verschwundenen Goblin Slayer: »I…Ic… Ich … Ich verzehre mich nach dir!«

Ob ihre Worte ihn erreichten, wussten jedoch nur die Götter.

*

Auf einem Weg, der gerade über eine weite Eben führte, polterte ein Pferdewagen entlang. Er war auf dem Weg ins westliche Grenzland. Auf seiner Ladefläche befanden sich die unterschiedlichsten Gestalten mit unterschiedlichsten Motiven und unter ihnen waren Goblin Slayer und seine Kameraden. Sie hatten es sich, so gut es ging, gemütlich gemacht.

»Mhm…! Hach! Das hat Spaß gemacht!«, sagte die Elfe und streckte eine wenig die Arme, um ihre steifen Schultern zu lockern.

Der Zwerg grinste hämisch und entgegnete ihr: »Ich höre noch, wie du geschrien hast, als die Goblins uns übermannt haben.«

»Schnee von gestern! Wir haben überlebt und wurden entlohnt!«, antwortet die Waldläuferin und klopfte auf ihren Rucksack, der ein leichtes Klimpern von sich gab.

»Die Sache mit dem Spiegel ist zwar bedauerlich«, sagte der Echsenmensch, während er in einem Notizbuch blätterte, »aber wir haben kostbare Daten gesammelt und Ketzer vernichtet. So gesehen war es ein voller Erfolg.«

»Solange ich mir von der Belohnung ordentlich einen gönnen kann, werde ich mich nicht beschweren«, murmelte der Zwerg, während er aus einem Schälchen Branntwein trank.

»Ihr Zwerge denkt immer nur an sowas.«

»So ist es, Langohr. Wir Zwerge gehen einfach gern mal einen heben.«

Die Priesterin lauschte den beiden Streithähnen mit einem Grinsen und freute sich, dass dieser Auftrag gut ausgegangen war. Sie wunderte sich zwar immer noch, wer hinter den Geschehnissen in der Stadt des Wassers gesteckt hatte, aber da Goblin Slayer nicht darüber redete, schien es für die Gruppe keine Rolle mehr zu spielen. Sie blickte zu dem Krieger hinüber. Er saß mit dem Rücken an eine Seitenwand des Wagens gelehnt und schlief. Dabei hielt er sein Schwert fest umklammert und hatte, wie sollte es auch anders sein, seinen Eisenhelm nicht abgesetzt.

»Er ist unverbesserlich«, sagte das Mädchen und kicherte leicht. Sie zog eine dünne Decke aus ihrer Tasche und deckte Goblin Slayer zu. Nachdem der Krieger von seinem Bericht bei der Jungfrau des Schwertes zurückgekehrt war, hatte er nichts weiter gesagt als: »Es ist vorbei« und die gesamte Gruppe hatte es kommentarlos so hingenommen.

Als die Priesterin erneut einen Blick auf Goblin Slayer warf, erkannte sie, dass der Vogelkäfig mit dem Kanarienvogel neben ihm stand. Der Vogel saß auf einer Stange und schlief wie sein Herrchen.

Ob er sich schon einen Namen überlegt hat? Der Gedanke amüsierte die Priesterin. Wahrscheinlich würde er sich gewissenhaft um den Vogel kümmern, aber nie einen Gedanken daran verlieren, wie er ihn nennen sollte. Sie würde ihn fragen, wenn er wieder aufwacht, aber sie wusste schon jetzt, dass sie eine Antwort wie »Kanarienvogel reicht doch« erhalten würde.

Vorsichtig griff das Mädchen nach einer gelbgrünen Feder, die dem Vogel ausgefallen war und steckte sie vorsichtig in einen Spalt von Goblin Slayer Eisenhelm. Die Feder passte nicht im Geringsten zu der dreckigen Rüstung des Kriegers, aber die Farbe an ihrem sonst so düsteren Kameraden, munterte sie irgendwie auf.

»Ruh dich gut aus, Goblin Slayer.«

»Wenn wir zurück sind«, kam plötzlich ein Murmeln aus dem Eisenhelm.

Erschrocken fuhr die Priesterin hoch: »Mann! Sag doch, dass du wach bist!«

»Ich bin gerade aufgewacht.«

»Wie soll ich das durch den Eisenhelm erkennen?«

»Hm …« Goblin Slayer zog seinen Trinkbeutel aus der Tasche und nahm ein paar tiefe Schlucke daraus. Dann schaute er zur Priesterin und sagte: »Wenn wir zurück sind, möchte ich etwas ausprobieren.«

»Was denn?«

»Ich möchte Eiscreme herstellen.«

Während sich ein Lächeln auf die Lippen der Priesterin legte, sprang der Echsenmensch freudig auf und rief: »Eiscreme?! Werter Goblintöter, dürfte ich dir dabei behilflich sein?«

»Wenn du willst, gern. Ich werde versuchen Milcheis zu machen.«

Der Echsenmensch schlug vor Freude mit seinem Schwanz mehrmals auf den Boden, was dazu führte, dass die anderen Fahrgäste erschrocken aufsprangen.

»E… Es tut mir leid.« Aus Angst davor, aus dem Wagen geworfen zu werden, entschuldigte und verbeugte sich die Priesterin sofort.

Der Zwerg ignorierte das Ganze völlig und schlug sich laut lachend auf den Bauch. »Oho, Bartschneider. Du willst mich doch wohl nicht außen vor lassen?«

»Willst du auch mitmachen?«

»Aber natürlich!«

Auf die Frage des Zwerges, wie er die Speise herstellen wollte, gab Goblin Slayer wieder, was der Eishändler in der Stadt des Wassers ihm erklärt hatte. Der Echsenmensch hatte gleich eine Idee, wie man die Methode verbessern könnte, und der Krieger hörte ihm aufmerksam zu.

Für einen Abenteurer, der eigentlich als einsam galt, war Goblin Slayer mittlerweile relativ gesprächig. Die Priesterin freute sich unheimlich darüber. Mit einem Grinsen fragte sie ihn: »Goblin Slayer, darf ich es dann probieren?«

»Warum nicht?«, antwortete der und drehte sich der Elfe zu. »Was ist mit dir?«

»Ich nehme auch was«, antwortete sie mit skeptischem Gesichtsausdruck.

»Aber tritt mich nicht, wenn es nicht schmeckt.«

»Ah … Hm …« Die Elfe wusste, dass er nicht nachtragend war, und fragte sich, ob er das gerade als Witz gemeint hatte.

©Noboru Kannatuki

»Ja, ja. Das mach ich schon nicht. Aber nur wenn ich wirklich was abbekomme, okay?«

»Ja.«

Während Goblin Slayer nickte, wippte auch die gelbgrüne Feder, die immer noch im Helm steckte, hoch und runter. Die Elfe bemerkte sie und freute sich bereits jetzt darauf, zu sehen, wie er reagieren würde, wenn er sie bemerkte.

Mit wackelnden Ohren sagte die Waldläuferin: »Da es ums Töten von Goblins ging, gibt es Abzüge, aber dieses Abenteuer war gar nicht so übel.«

Sie hatten unterirdische Ruinen untersucht, waren in eine Falle geraten und hatten überlebt. Dann waren sie einem unbekannten Monster begegnet, hatten es bezwungen und waren auf ein uraltes Relikt gestoßen.

Der Kanarienvogel öffnete die Augen und begann ein fröhliches Lied zu zwitschern. Es ging nach Hause.

Nachwort

Hallo, ich bin es, Kumo Kagyu.

Vielen Dank an alle, die den zweiten Band von *Goblin Slayer!* in die Hand genommen haben. Es ist unglaublich, dass der erste Band so gut bei euch ankam. Der Erfolg des seltsamen Abenteurers hat schon jetzt all meine Erwartungen übertroffen und das war nur möglich, weil er und seine Kameraden so von euch unterstützt werden. Da es noch viele weitere Goblins zu beseitigen gilt, hoffe ich, dass ihr Goblin Slayer und seine Kameraden weiterhin begleitet.

Und? Wie hat euch der zweite Band gefallen? Anstatt um viele vereinzelte Abenteuer ging es diesmal darum, ein gesamtes Dungeon zu überstehen. Wie in einem Pen-&-Paper-Rollenspiel haben Goblin Slayer und seine Kameraden das Labyrinth untersucht, Schätze gefunden und gegen mächtige Monster gekämpft. Das Ganze habe ich noch hier und da mit ein paar Elementen ausgeschmückt und ich hoffe, ihr hattet euren Spaß mit der Geschichte.

Kommen wir zu den Danksagungen.

Erst einmal vielen Dank an die Leute, die Goblin Slayer schon seit der Web-Version unterstützen.

Danke an Herrn Kannatuki, der auch diesen Band mit seinen wundervollen Illustrationen verschönert hat. Ich tanze jedes Mal vor Freude, wenn ich ein neues Bild erhalte.

Vielen Dank auch an Herrn Kurose, der für die Comicumsetzung von *Goblin Slayer!* zuständig ist. Sie sieht großartig aus! Juhu!

Natürlich muss ich mich auch bei meinen Rollenspielfreunden bedanken, die mich immer wieder beim Schreiben der Geschichte unterstützen. Ihr gebt mir die Energie weiterzumachen.

Weiterer Dank gebührt meinem Redakteur, meinem Verlag und seinem Marketing-Team. Ohne sie würde *Goblin Slayer!* nie als Buch erscheinen.

Als Letztes möchte ich mich bei dem Administrator der Webseite, auf der Goblin Slayers Abenteuer starteten, bedanken. Ohne ihn wäre *Goblin Slayer!* vielleicht nie entstanden.

Der nächste Band dreht sich um das Erntefest in der Stadt im Grenzland. Natürlich wird es wieder Goblins geben – und ihr könnt euch bestimmt schon denken, was Goblin Slayer mit ihnen machen wird.

Ich hoffe, ihr freut euch schon darauf. Bis zum nächsten Mal!

Kumo Kagyu

Kumo Kagyu

Nachdem er viele Tage mit Pen-&-Paper-Rollenspielen und dem Designen von Homepages verbracht hatte, kam es zu einem überraschenden Ereignis. »In der Bucht von Tokio ist ein legendäres Lebewesen aufgetaucht.« »Das ist eine Meeresgrundel.« »Meeresgrundel?« »Eine Meeresgrundel.« Eigentlich sollten wir alle noch bei Verstand sein. Die Kämpfe der Forscher gehen weiter.

Noboru Kannatuki

Er ist ein Illustrator und Stubenhocker aus Hyogo, der nachts lieber arbeitet als schläft. Er ist vor allem für seine Illustrationen für Spiele wie Shinkyoku Sokai Polyphonica bekannt.

GOBLIN SLAYER!

He does not let ✦ anyone roll the dice

Er will nicht die Welt retten.
Er will Goblins töten!

Taucht noch tiefer in die Welt von
Goblin Slayer! ein und lernt mehr über
den unbarmherzigen Abenteurer
und seine Kameraden!

GOBLIN SLAYER!
LIGHT NOVEL

ISBN 978-3-96358-049-9
€ (D) 12,00 / € (A) 12,30

GOBLIN SLAYER!
MANGA

ISBN 978-3-96358-276-9
€ (D) 7,00 / € (A) 7,20

GOBLIN SLAYER!
YEAR ONE

ISBN 978-3-96358-289-9
€ (D) 7,00 / € (A) 7,20

GOBLIN SLAYER!
BRAND NEW DAY

ISBN 978-3-96358-314-8
€ (D) 7,00 / € (A) 7,20
Ab Juni 2019

altraverse

Deutsche Ausgabe / German Edition
Altraverse GmbH – Hamburg 2019
Aus dem Japanischen von Lasse Christian Christiansen

Goblin Slayer vol. 2
© 2016 Kumo Kagyu
Illustrations © 2016 Noboru Kannatuki
All rights reserved.
Original Japanese edition published in 2016 by SB Creative Corp.

This German edition is published by arrangement with SB Creative Corp.,
Tokyo in care of Tuttle-Mori Agency, Inc. Tokyo.

Redaktion: Johannes Marschallek
Satz + Herstellung: Stephanie Gieck

Druck: CPI books GmbH, Leck
Printed in Germany

Alle deutschen Rechte vorbehalten.
ISBN 978-3-96358-310-0
1. Auflage 2019

www.altraverse.de